K SIDE:BLUE

古橋秀之
(GoRA)

Illustration
鈴木信吾
(GoHands)

講談社BOX

日高暁《ひだかあきら》
淡島世理《あわしませり》
楠原剛《くすはらたける》

K SIDE:BLUE Contents

Book Design　芥 陽子 (note)

序章

ダモクレスの剣《つるぎ》

《選ばれた男》が、雨の中に立っている。

今にも氷の結晶に変わろうかという、冷たい冬の雨だ。

しかし、肌に染み入る冷気も、濡《ぬ》れた服の不快なべたつきも、彼には無縁だ。

雨粒のひとつひとつが、彼の肌身に触れることなく、偶然にもその体を避けて、地面に落ちていく。

あたかも、見えない傘を頭上に差しているかのように。


《選ばれた男》が、戦場に立っている。

豪雨のように降り注ぎ、地上に炸裂《さくれつ》する榴弾《りゅうだん》は、しかし、ばらまく破片で彼を傷つけぬよう、垂直の軌道を逸《そ》れて着弾する。

榴弾の威力が強力であればあるほど、それは彼の頭上から大きく斜《なな》めに逸れていく。

見えない傘は、大きく強固に広がっていく。

では、《選ばれた男》の頭上に、原子爆弾が投下されたら？

その爆弾が斜めに滑空し、爆心地を何キロかずらしたとしても、もはや彼の身が被害を受けることは避けられない。

だが、運命はあくまで彼の安全を確保しようとする。

その結果、なにが起きるか？

なにも起きない。

爆弾は落下せず、起爆もしない。それは致命的なエネルギーを孕《はら》んだまま空中に静止し、見えない傘の上に、いつまでも存在し続ける——

——以上は、俗に〝傘と爆弾〟と呼ばれる思考実験。ヴァイスマン理論における蓋然性《がいぜん》特異点の概念を説明するたとえ話だ。

運命に選ばれ、運命を支配する統率者の資質と能力は、一九四四年のドイツにおいて、初めて定義され、計量され、理論化された。

そして、その翌年。科学的に定義された最初の《王》が、闘争の中に生まれた。

死と破壊を背景に、輝く剣を頭上に戴《いただ》いて。

これはたとえ話でも、おとぎ話でもない。歴史上の事実だ。

しかし、あるいは。

その時点をもって現実世界を支配するルールが書き換えられたことを考えると、これもまた、ある種のおとぎ話、創世の神話と呼ぶべきかもしれない。

かつて微視《びし》的偶然と巨視《きょし》的必然に支配されていた物理の法則を、ねじ曲げ、押し止《とど》め、自らの意志をもって左右する、半神《はんしん》たちの時代。

二〇一×年——世界の片隅、極東の島国を舞台に、未《いま》だ、神話の序章は続いている。

†

俗に〝能力者〟。

やや丁寧に言えば〝特異能力者〟。

学術的には〝蓋然性偏向能力者〟。

法的には〝特異現象誘発能力保持者〟。

警察組織内の隠語においては〝マル能〟と言う。

楠原剛《くすはらたける》巡査が初めてそれを見たのは、警視庁機動隊に配属されて二ヵ月目のことだった。

十九の夏。強い直射日光と、アスファルトからの照り返し。プロテクターとヘルメットが両面からじりじりと炙《あぶ》られ、制服の内側で皮膚に浮いた汗が、足を伝ってブーツに溜《た》まっていく。

「……暑いっス」

小さく呟《つぶや》くと、傍《かたわ》らに立っていた田村厚史《たむらあつし》巡査長が、正面を向いたまま、短く言った。

「気ィ抜くな」

「あ……すいません」

答えながら、楠原はわずかに頭を動かし、田村の様子を盗み見た。歳は楠原より六つ上。年齢以上に落ち着いた物腰と気さくな性格から、分隊の若手に兄貴分と慕われている。

その田村が、いつになく緊張している。ヘルメットの風防《フェイスシールド》越しで表情は読めないが、わずかな身動きから強い警戒心が伝わってくる。

拳銃を持った強盗犯が、オフィス街の銀行に籠城《ろうじょう》している——楠原らはそのように状況を説明され、シャッターの降りた銀行の正面に、警杖《けいじょう》を携《たずさ》え、大盾《ライオットシールド》を並べて阻止線を作っていた。文字通り賊《ぞく》の矢面《やおもて》に立つ危険な任務だが、以前に体験したこの手の現場では、ベテランの田村は常に余裕のある態度を保っていた。それが楠原には頼もしかったが……しかし、今は？

後列の小隊長が指揮本部と交わす通信が、断片的に漏《も》れ聞こえてくる。

強盗犯は二名。窓口の行員を脅《おど》し現金を奪ったが、非常通報が速《すみ》やかであったことと、撤収に手間取ったことから逃走に失敗。銀行職員と利用客の一部を人質に、行内に立て籠《こ》もった。

事件発生から二時間。すでに犯人との交渉が開始されている一方、非番の行員や籠城から閉め出された客への聞き込みなど、行内の状況の把握が並行して進められている。

犯人の風体、人質の人数、行内設備——特に重要なのは、犯人の持っている武器だ。客の多くが、窓口行員に突きつけられる拳銃を目撃し、「脅しのために天井を撃った」「蛍光灯を割った」と証言している。その一方、「銃声は聞いていない」「発砲はしなかった」と言う者もおり、その矛盾は捜査本部にひとつの可能性を想起させていた。

『——蓋然性偏差《ガイヘン》、レベル三・五から四を確認。被疑者を〝マル能〟と想定』

『了解、被疑者を〝マル能〟と想定して警戒に当たる——』

背後から漏れ聞こえてくる通信に、田村が口元を引き締めた。

「やっぱり〝マル能〟か……気をつけろよ」

「……なんスか、マルノウって」

楠原が小声で聞き返した。田村が話し掛けてきたのだから、少しくらいは話してもいいだろう、と思う。いや、むしろ田村がこの場であえて口を開いたということは、なにか重要な話があるのかもしれない。

「〝能力者〟ってやつだ。聞いたことくらいあんだろ?」

「ああ、なんか、超能力みたいな——」

楠原が言い掛けた時、田村がわずかに身じろぎし、身構えた。

銀行の通用口がわずかに開き、茶色のニット帽を被《かぶ》った男の顔が覗《のぞ》いた。手には拳銃を持っている。強盗犯のひとりが、こうして時折、外の様子を窺《うかが》っているのだ。

「……案外、普通っぽいですけどねえ」

「普通じゃ変だろ」

「え……あー、ハイ」

楠原はうなずいた。

「普通」と感じたのは、ニット帽の男の風体よりも、むしろその動作からの印象だ。

刃物であれ拳銃であれ、武器を手にした者は、その武器を意識の中心に置いて動く。いつでも使えるように胸の前に構えるか、銃口や切っ先を注意深く自分の足元の地面に向けて——それが実銃ならば無論のこと、あるいはモデルガン等の虚仮威《ブラフ》しだとしても、それはそれで、殊更《ことさら》に本物らしく見せようとするだろう。

しかし、この男にはそうした、武装者特有の動きが見られない。手にした拳銃を、まるで玩具《おもちゃ》のようにぞんざいに扱っている。

——緊迫した犯罪現場にあって、拳銃らしきものを持ち歩きながら、それを武器として取り扱わないのはなぜか？

楠原が感じた〝不自然な自然さ〟を言葉にすれば、そういうことになる。

その答えは——

——犯人は〝見せる武器〟と〝使う武器〟を別個に持っているからだ。

それでは、なぜ使う武器を見せないのか。考えられる理由はふたつだ。

その本当の武器を見せたくないのか……あるいは、その武器は見えないのか。

「——よく見てみろ。奴の体の周りに、陽炎《かげろう》みたいなもんが出てるだろ？」

「あ、ホントだ」

田村の言葉に、楠原はうなずいた。

「なんか、こう、ゆらっと……」

「重力だの光だの、ちょっとずつ歪《ゆが》んでるらしい」

「へえ、重力。よく分かんないけど、すごそうですね……映画の超能力者みたいに、空飛んだりビーム出したりするんですか」

「いや、レベルひと桁《けた》だと、せいぜい子供の腕力くらいの力だな」

「なんだ」楠原は苦笑した。「じゃ、拳銃《てっぽう》もニセモノっぽいし、突入して取り押さえちゃえばいいんじゃないスか？」

「油断すんな」硬い声で、田村は言った。「俺はそれで死にかけたことがある」

「はい？」

「こっちの目……な。視力、半分しかねえんだ」

田村は手袋の指先で、フェイスシールドをトントンと叩《たた》いた。

「もう四、五年くらい前になるか……あの手のマル能に遭《あ》ってな。盾持って突入《ツッコ》んだら、シールド越しに見えない指突っ込まれた。グリッ……てな」

「うわ……」

「脳みそ潰《つぶ》される奴もいるって話だ。おまえも気をつけろ」

「……ハイ」

楠原は神妙にうなずくと、背伸びをするように、大盾越しに首を伸ばした。

「そういうことなら、なるべく近づきたくないっスね……っと」

その仕草が集団の中で目を引いたか、周囲を見回していたニット帽の男がこちらに目を留め、手にした拳銃を軽く振りかぶった。

「……？」

楠原は身を乗り出し——

「——馬鹿、首出すな！」

田村が鋭く言い、楠原が思わず身をすくめた時。ニット帽の男が拳銃を振り下ろした。まるで、目の前の人間を銃床《グリップ》で殴りつけようとするような仕草だが、
カツン。

硬い音と共に、大盾の上端が、斜めに切り落とされた。

「うわッ!?」

楠原が仰《の》け反《ぞ》り、田村が叫ぶ。

「射程《レンジ》内です！」

『――退避！　総員退避！』

周囲の機動隊員たちが、潮が引くように退《しりぞ》いた。尻餅《しりもち》をついた楠原と、その襟《えり》をつかんで引きずる田村自身がその場に取り残される。

「盾捨てろ！　どうせ役に立たねえ！」

「は、はいっ……うわ!?」

楠原が投げ捨てた大盾が目の前で両断され、さらに、足元のアスファルトに、何条かの亀裂が走った。まるで見えないナイフがバターを切っているような、長い、まっすぐな切れ目だ。

――その〝力〟は、確かに子供の腕力程度の強さしかなかった。しかし同時に、田村たちの想像を超える射程と密度を持っていた。能力者自身から二十メートルを超えた位置で実体化した見えざる刃《やいば》が、楠原の脇の路面を通過し、田村の足に到達した。

ぐっ、と声を上げて、田村が転倒した。ふくらはぎから噴《ふ》き出した血が、アスファルトの上に飛び散った。

「田村さん!?」

田村を振り返った、その時。楠原は背後に異様な感覚を覚えた。

絞《しぼ》り込まれた空気の揺らぎ、音ならぬ響き——その予兆。足を止めた田村と楠原に、次の一撃が迫っていた。

その不可視の現象に対し、体が反射的に動いた。楠原は足元に取り落としていた警杖をつかみながら身を起こし、片膝《かたひざ》の姿勢を取って目の前を薙《な》いだ。

ガキン！　空中に、金属を打ち鳴らすような音。続いて、楠原の左背後でアスファルトが割れ爆《は》ぜた。木製の警杖と打ち合った見えない刃が、方向を逸らされて路面に当たったのだ。

はるか視線の先で、通用口の男が訝《いぶか》しげにこちらを見た。

——今のは……？

楠原自身も、目を丸くして警杖を見る。自分の手と警杖の表面に、薄い陽炎のようなものが揺らめき、消えた。

再び通用口を見ると、ニット帽の男が再び拳銃を振り上げていた。おそらく、剣のように腕を振り下ろす動作と共に攻撃を仕掛けてくるのだ。

男が腕を振り下ろす瞬間にタイミングを合わせ、楠原は立ち上がりながら、警杖を逆袈裟《ぎゃくげさ》に振り上げた。

ガキン！　再び、硬く重い手応えを生じながら、見えざる刃が弾《はじ》かれた。

——行ける……！

楠原は荒い息を整えつつ、百二十センチの警杖を、剣道のように正眼《せいがん》に構えた。

分厚いポリカーボネート製の盾を難なく両断する〝見えない攻撃〟を、木製の警杖で防ぐことができる——不合理な推測だが、直観的な確信があった。手の中に、今しがたの打ち合いの感触が残っている。

『動くな！』

頭越しに聞こえるスピーカーの声は、ニット帽の男に向けられたものだ。

楠原の背後では、人員輸送車を盾に数名の隊員が短機関銃を構え、銃口を男に向けていた。すでに一般犯罪ではなく、武装テロに準ずるものへと対応が切り替わっている。

『武器を捨て、ゆっくり前に出なさい』

この場合、〝見えるほうの武器〟を捨てさせることに、どの程度意味があるのかは分からない。男の能力が素手で発動できるものだとしたら、武装解除など不可能ではないのか。

しかし、なにはともあれ、状況はこちらに有利な形で収まりそうだ。複数の銃口を向けられていては、男ももはや身動きが取れまい。楠原や他の隊員に斬り掛かったとしても、次の瞬間には数十発の銃弾を浴びることになる。おとなしく投降するしかない。

楠原がわずかに気を抜いた、その時——

通用口の中から、さらにひとりの男が現れた。

〝二人組の犯人〟のもうひとり。服装はひとり目の男に似ているが、背がやや高く、被っている帽子が黒い。物腰から見て、兄貴分といったところだろう。「なにをもたもたしてる」そんなようなことを、ひとり目の男に言っているようだ。

片手には、やはり無造作に拳銃を持っている。

『ふたりとも、武器を捨てなさい』

声を掛けられて、黒帽子の男は初めて状況に気がついたようだ。あるいは、あえてそのような演技をしたのかもしれない。周囲を見回し、自分たちを狙ういくつもの銃口に、肩をひとつすくめて見せた。

それから、黒帽子は言われた通りに銃を捨てた。楠原たち機動隊員に見せつけるような、大きな、ゆっくりとした動作で拳銃を放り、そして——その手を素早く横に薙いだ。
ド、ド、ドン……!!
突然、楠原の背後で三台の人員輸送車が爆発した。車内に発生した熱と衝撃の塊《かたまり》が車体を破裂させ、爆風と共に高速の鉄片をまき散らした。

同僚の機動隊員たちが、木っ端《こっぱ》のように吹き飛ばされ、地面に叩きつけられた。

「な……ッ!?」

たじろぐ楠原の足元で、田村がうめいた。

「ベータ・クラス……！」

「ベータ……って？」

聞き返そうとした時、数瞬遅れて届いた爆風に背中を叩かれ、楠原は前に一歩つんのめった。

カツン。

目の前で警杖が半分に切れた。キュウリを包丁で切ったような、滑《なめ》らかな断面が見えた。

背後の〝爆発〟に気を取られた隙に、最初の男の〝見えない刃〟に斬り込まれたのだ。

同時に、額に軽い衝撃があった。一瞬、自分の頭をヘルメットごと輪切りにされたイメージが脳裏に浮かび、反射的にヘルメットを脱ぎ捨てた。こめかみを伝うぬるりとした出血。刃はフェイスシールドを割り、額に届いていた。だが、浅手だ。

次の一撃に備え、楠原は半分の長さになった警杖を構え、顔を上げた。

すると、黒帽子の男が、最初の茶帽子を引き下がらせ、一歩進み出た。

〝ベータ・クラス〟。今しがた、田村巡査長はそう言っていた。あいつのことだろう。

どういう意味だろう？　能力の強さか？　それとも分類か？

茶帽子は〝見えない刃〟で攻撃してきたが、黒帽子の武器は――おそらく〝見えない爆弾〟だ。

棒きれで防げるのか？

投げつけられる〝爆弾〟を、野球みたいに打ち返す……そんなことができるのか？

思考を回転させる楠原の目に、黒帽子の男の表情が映った。

頬を歪めて笑い、握った拳をこちらに突き出し――

その手を開くと同時に、遠く離れた楠原の目の前に、小さなものが発生した。

色も形もない、空間そのものを圧縮したような、超高エネルギーの塊。次の瞬間、それは太陽のように輝き――

――爆発する⁉

楠原は警杖を取り落とし、両手で顔をかばった。

その時――

キン、と甲高い音を立て、爆発が封じ込められた。

「え……」

楠原は薄目を開けた。

拳ほどの大きさの、小さな太陽。目も眩《くら》む光の塊――不可解で危険なその〝爆弾〟を、さらに不可思議なものが覆っていた。

一辺十センチほどの、青く輝く立方体。〝爆弾〟や〝刃〟と同様、通常の物体ではなく、空間の歪みのようなものらしいが、はっきりと目に見える形で顕《あらわ》れている。その中に封じ込められた〝爆弾〟は、致命的な熱量を解放するべく、激しく脈打っているが、まるで生きたまま水晶に閉じ込められたように、強固に圧縮されている。

脈打つ光球を封じ込めた、青い結晶体。奇妙なオブジェが、楠原の目の前で、ゆっくり

と回転していた。

その非現実的な光景に目を奪われていると、

「……なかなか筋がいいですよ、きみ」

遠く背後から、楠原に声が掛かった。落ち着いた、よく通る声だ。

振り返ると、黒煙のたなびく路上に、奇妙な一団があった。

見慣れぬ青い制服を着た、二十名ほどの集団。各々《おのおの》、長大な洋刀《サーベル》を腰に帯び、ゆったりと歩調をそろえて歩いてくる。横二列に並んだその姿は、まるで青い城壁のようだ。武装した機動隊員で作られる阻止線を見慣れた楠原をして、なおそう思わせたのは、彼らひとりひとりの存在が孕むエネルギーのようなもの、その気配の巨大さだ。

中でも、列の中心に立つ男のそれは群を抜いていた。おそらくは、この集団の長だろう。やや細身の長身、眼鏡《めがね》を掛けた知性的な容貌《ようぼう》から、周囲一帯を圧するほどの存在感を放っている。

「自らの能力を〝剣〟の形で発現する者は多い。硬く鋭く形作られた、おのが腕の延長――剣こそは、最も根源的な〝攻撃の理念〟、〝意志〟そのものの象徴だからです」

歩調を保ちながら、眼鏡の男は楠原に話し掛ける。

彼の興味は、大型車両を破壊する爆発でも、そこここに横たわる怪我人でも、それらの被害をもたらした能力者でもなく、なぜか楠原に向いているようだ。

「——しかし、剣を〝守り〟とすることができる者は少ない。研《と》ぎ澄《す》まされ、集中された攻撃の意志に、同等以上に集中したおのれの意志を打ち当てて止める。この非常に困難な行為には、単なる技術以上の、天賦《てんぷ》の才が必要です」

男は楠原の前に至ると、頰に笑みを浮かべ、プロテクターの肩に手を置いた。

「そう。今しがた、きみのしたことです。実に見事でした……だが、そのあとがよくない」

「え……？」

眼鏡の男はわずかに手に力を込め、楠原を一歩下がらせた。

そして、空中に残った結晶体に手を差し伸べると、結晶体は男の手のひらの上に移動し、その場でゆっくりと回転し始めた。

「きみが自らの意志を強く保ち続ければ、きみの〝剣〟の及ぶ範囲は、きみの意志が支配する聖域と化したのです。最も原始的な力の暴発も、その意志を侵《おか》すことは適《かな》わない」

結晶体を空中に弄《もてあそ》びながら、男は銀行の能力者たちに向き直る。随伴《ずいはん》する男たちもまた、楠原の横を通り、数歩先で立ち止まった。

「……《セプター4《フォー》》！」

黒帽子が、男たちの隊列に向かって横薙ぎに右手を振った。眩《まばゆ》い光球が五つ、彼らの目前に出現し——

キン。そのすべてが爆発を待たず一瞬で立方結晶体に封じ込められ、眼鏡の男の手のひらの上に、積み上がるように浮遊する。

その隙を突いて、茶帽子の〝見えない刃〟が男に襲い掛かった。

と――後方から眼鏡の男の目の前に飛び出した青い制服の女が、刃の軌道に割り込み、右手に持ったサーベルの鞘《さや》で打ち払った。

次いで、女は鞘を腰に構え、眼鏡の男に敬礼した。

「一三一五《ヒトサンヒトゴ》、本件はベータ・ケースとして警視庁より指揮権の委譲が認められました」

「よろしい」

男は眼鏡のブリッジに指を添え、薄く笑った。そして、顔を上げると、天に謡《うた》い上げるように言い放った。


我ら《セプター4》、佩剣者《はいけんしゃ》たるの責務を遂行す。

聖域に乱在《あ》るを許さず、塵界《じんかい》に暴在るを許さず――

剣をもって剣を制す、我らが大義《たいぎ》に曇《くも》りなし！


「――総員抜刀《ばっとう》ッ！」

男の脇に侍《じ》した制服の女が、他の男たちに号令した。

男たちは一斉に腰のサーベルを抜くと、胸の前に刀身を立てて構えた。

そのひとりひとりの足元から、青くゆらめく大気の歪みが円形に広がっていく。先ほど眼鏡の男が言った〝聖域〟とは、このことか。

楠原も、その名をうわさ程度には聞いたことがあった。能力者によって構成される、対能力者治安組織《セプター4》——この場はすでに、彼らの領域だ。

事態は常人の手を離れた。救護隊の担架で運ばれる田村を追って、楠原が撤退しようとした時、

「ああ、きみ、待ってください」男が、楠原を呼び止めた。「今、お手本を見せましょう」

「お手本……？」

眼鏡の男が軽く右手を動かすと、全部で六つの青い結晶体が空中に放られた。そして、彼がサーベルを抜き放ちながら、流麗な動作で胸の前をひと薙ぎすると、そのひと太刀ですべての結晶体が両断された。

ドォン——!!

先ほど車両を破壊した〝爆弾〟の、単純に言って六倍のエネルギーが一挙に解放され、楠原と《セプター4》の隊員たちを爆炎に飲み込んだ。

——いや、爆発と同時に眼鏡の男の足元に発生した青い聖域は、他の隊員たちのそれよりはるかに大きく、力強く広がり、彼ら全員の身を守っていた。

さらに、聖域と通常空間の境界面に押し退《の》けられたエネルギーは、渦を巻きながら上空

に流れ、頭上の力学的な均衡《きんこう》点に集中し、圧縮されていく。
「……！」
楠原剛は、頭上を仰ぎ、そこに生まれつつあるものを見た。
凝縮された空間とエネルギーからなる、巨大な結晶体。
それは〝剣〟にして〝爆弾〟。
秩序に向かう意志の象徴であり、
暴発する力の象徴であり、
そして、世界を統《す》べる権能の象徴だった。
——十九の夏。楠原剛は初めてそれを見た。
《青の王》宗像礼司《むなかたれいし》と、彼の《ダモクレスの剣》を。

第一章

撃剣訓練

通称〝椿門《つばきもん》〟こと《セプター4》屯所《とんしょ》、その一角に、半《なか》ば忘れられた資料室がある。

室内に立ち並ぶ何十ものファイル棚は、迷宮の壁か、地層をさらけ出した断崖を思わせる。生きた人間を拒絶する、重く堆積《たいせき》した歴史の澱《よど》みだ。

その圧力に耐えながら、埃《ほこり》じみた棚の列を縫うようにくぐり抜けた先、窓際にただひとつだけ置かれたデスクに、ひとりの男が着いている。

年齢はおよそ三十代半ば。筋肉質の巨体が、旧型のパソコンに向かって小さく背を丸めたまま固まっている。あたかも、資料の地層に埋もれた化石のような——いや、よく見れば、垢《あか》じみたキーボードの上で、その手はわずかに、ゆるゆると動いている。

打鍵《だけん》は遅く、ときおり迷うように止まる。使っているのは右手の指のみ。なぜなら、彼には左腕がないからだ。重厚な巨体を包む内務部署の制服、その左そでは、ひじの上あたりで無造作に縛られ、垂《た》れ下がっている。

隻腕《せきわん》の男は老眼の眼鏡をずらし、鼻の付け根を揉《も》んだ。鼻筋から左の頬に掛けて、大きな古い傷がある。その傷跡を指でこすりながら険しい表情をすると、大きく息をついて、再びモニターに向かう。

文章を綴《つづ》るのが苦手なら、機械の操作はさらに苦手だ。日に一度、わずかな量の報告書をパソコンに打ち込む、ただそれだけの作業が、彼——善条《ぜんじょう》剛毅《ごうき》の日常の中で、最大の課題となっていた。武骨な右手が、打つべきキーを探して再びさまよい始め——

その手の甲に、桜の花片《はなびら》がふわりと留まった。

屯所の外周に植えられた桜並木から、春の風に乗って迷い込んできたのだろう。花片に誘われるように、善条は開いた窓の外に目を遣《や》った。

並木に囲まれたグラウンドに、制服の一団が整列しているさまが見えた。花吹雪《ふぶき》の桜色と制服の青が、午後の陽差しに映えて鮮やかだ。

居並ぶ姿を壮観に見せる、背筋にしなやかな力の通った姿勢。その幾分かは、腰に帯びたサーベルの重量によるものだろう。彼ら〝撃剣機動課部隊〟は対能力者組織《セプター4》の中核であると共に、理念的にも《セプター4》そのものだと言える。おのが腰に剣を帯び、自らもまた〝王の剣〟たることこそが、彼らの存在の基盤だ。

「——総員抜刀ッ！」

グラウンドを圧し、隊舎まで通る号令は、《セプター4》副長、淡島世理《あわしませり》のものだ。女性の身ながら、その凜《りん》とした気迫は百名近い男たちを見事に統制している。

隊員たちは一斉にサーベルを抜き、胸の前で刀礼の形に構えた。天に向いた切っ先の群れが、遠目には剣山のように見える。

「横列隊形！」

隊員たちは抜き身のサーベルを脇に引きつけ、小走りに隊形を変えた。八列の縦隊から、四列の横隊へ。前後に充分な間を取りつつ左右をやや詰める、〝壁〟の隊形だ。

「撃剣動作、一式！　構え！」

隊員たちは切っ先を前方に向け、半身になった。

「一！」

「二！」

「三！」

「四！」

号令に合わせ、百の刃が縦横に構えられ、振り抜かれ、そして再び正面に構えられる。ひとつひとつの動作が、完全に同期している。

〝撃剣動作〟とは、西洋剣術の型を集団動作として整理し、簡略化したものだが、いわゆる〝剣術〟とは決定的に違う点がある。

ひとつは、同様の剣を使う者を敵として想定していないこと。

今ひとつは、剣による打撃を目的としていないこと。

撃剣部隊の構成員は、すべてが高レベルの能力者だ。彼らは自ら発する蓋然性偏向フィールドのみで銃弾を弾き、数メートル先の敵を打ち倒すことができる。武器としての剣も、剣技も、本質的には必要ないのだ。

それでは……武器でなければ、なにか。彼らにとって〝剣〟とはなんなのか。

おそらくそれは、〝象徴〟、あるいは〝指針〟のようなものだ。

形のない力に〝剣〟というイメージを与え、制御する。具体的には、抜刀動作をトリガーとして異能を解放し、〝刃〟のイメージに沿って集中し、操剣の動作に従って運用する。《セプター4》の隊員たちが身に帯びるサーベルは、すなわち〝制御された力〟の象徴。《青の王》宗像礼司の思想そのものだ。

「――横重《よこじゅう》列《れつ》！」

各横列が、ひとり置きに前進、あるいは後退し、鋸歯《のこは》型の重列の形を取った。

「撃剣動作、二式！　構え！」

前列の攻撃によって生じた隙を、後列がカバーする。また、前列が防御しつつ後退し、後列と交替《スイッチ》する――約百名の隊員たちは、歯車の組み合わさった複雑な機械のように、整然と淀《よど》みなく動き続ける。群舞《ぐんぶ》を思わせる、美しい動きだ。

――まぶしい。

善条が目を細めたのは、刃に反射する陽差し、それだけが理由ではない。硬く透きとおった鉱物の結晶のように、一切の不純を拒絶する完全な美。自分のような異物が入り込む余地は、そこにはない。

それが不満というわけではない。ただ、頬の傷に触れる癖と同様、ことあるごとに自分の中の欠落を確認することが、長年の習慣になっていた。

善条は窓外の光景に眩んだ目をこすり、再びモニターに向き直った。

と、その時。

「おい、危ねえな！」

「あッ、すいません！」

隊員のひとりが動作を違《たが》え、サーベルの刃を他の隊員に掠《かす》らせたようだ。幸い、どちらにも怪我はないようだが——

「楠原！」

「はいッ！」

頭を下げて謝っていた隊員——楠原が、淡島の鋭い声に、跳ね上がるように直立した。

「罰走十周！」

「はいッ！」

楠原はあわててサーベルを鞘に納めると、その場から駆けだした。

「気ィつけろよォ」

「はいッ！」

通り過ぎる楠原に、サーベルを当てられた隊員が声を掛けたが、

「日高《ひだか》、おまえもだ！」

「うえッ!?」

そして、制服、帯剣のまま、ふたりの隊員は併走し始め、

「――三式、頭から！　構え！」

淡島の号令で、訓練は続行される。

やがて、隊列からはじき出されたふたりが、グラウンドの内径に沿って手前に回り込んでくると、その話し声が善条の耳に入ってきた。

「……くっそ、納得いかねえ……あの女、冗談は巨乳だけにしとけってんだよ、なあ？」

日高のほうが背が高く、歳も上のようだ。傍らの楠原に向けて、ぞんざいな口調で話し掛けている。

「俺は被害者だっての」

「え？　……あー、はあ」

対する楠原は、平均から見てもやや小柄だろう。顔つきも少年じみて見える。

「その辺は『よけられないほうもタルんでる』的なアレじゃないですか」

「おめーはそういうこと言う立場じゃねえだろ。わきまえろ、コラ」

日高がひじを出し、楠原の肩を小突《こづ》く。

「あッ、イタタ、すんません、痛いッス……わッ？」

楠原が声を上げた。十メートルほどの距離で、窓枠越しに善条と目が合っていた。

「なんだよ、変な声出して」

「いえ、人が……あの辺、倉庫だって聞いてたんで……」

「あ？　管理の人くらいいるだろ」

「いや、オバケかと思って」

「子供か、おまえは」

「イタッ」

日高が楠原の後頭部を叩くと、

「日高！　楠原！　なにをふざけてる！」

淡島の鋭い声が飛んできた。

「五周追加！」

「うぇーい!?」

日高が妙な声を出してペースを上げ、

「あ……どうも」

楠原は一瞬立ち止まり、善条に小さく敬礼をして、再び日高のあとを追った。善条は苦笑と共に答礼し、その背を見送る。

数分後にもう一度トラックを回ってきた時、楠原は軽く会釈《えしゃく》をし、さらに次の周回では、もはや善条を意識することなく通り過ぎていった。

そして——

——以上、本日も特記事項なし。

長い時間を掛けて簡潔な報告を打ち終え、善条が顔を上げると、楠原と日高はまだグラウンドを走っていた。いつの間にか制服とサーベルを脱ぎ捨て、インナーシャツ姿になっている。他の隊員たちの姿はない。所定の訓練を終え、すでに解散したようだ。

ふたりは互いに無駄口も叩かず、今はただ、無心に自らの肉体を駆動し続けている。

平原を駆ける二匹の獣を思わせる、どこか遠い光景。そのさまを眺める善条も、また無心だ。自分がもはや踏み込むことのないまぶしい刻を垣間見ながら、武骨なその手は、ただあいまいに頬の傷跡に触れていた。

†

「要は、おめーのテンポがズレてンだよ」

定時の別れ際、日高に笑いながら背中を叩かれた。気分屋の日高は、怒りだすのも早ければ水に流すのも早い。

「反省しろ、反省ッ！」

「は、すいません。精進《しょうじん》します」

苦笑して頭を掻《か》きながら、実際、自分はどこかずれているのだと、楠原は思った。合唱をすれば必ず歌い出しをとちり、行進をすればいつの間にか反対の手足を出している。思えば自分はそんな子供だった。運動神経は悪くないはずだが、いわゆるリズム感とか正確な動作とか、そういった資質に、生まれつき欠けているのだ。

それで、歌ったり踊ったりする仕事にだけは就《つ》くまいと決心したが、もうひとつのほうはうっかりしていた。かつて所属した機動隊には行進や整列があり、そこから引き抜かれる形で転職したこの《セプター4》でも、同様の集団行動が要求された。ことに、抜き身の実剣を一斉に構え、振り回す撃剣動作は、タイミングを誤れば周囲の同僚に怪我を負わせてしまう。「苦手」で済まされることではない。

消灯後に自主練をしようと思ったのは、そういうわけだ。

私服のジャージ姿で隊員寮を抜け出した楠原は、サーベル代わりの竹刀《しない》を手に、これを存分に振り回せる場所を探して、屯所の敷地内をうろついた。

屋内では壁や窓に当たるかもしれないし、グラウンドの真ん中で……というのもいささか目立ちすぎる。いくつかの候補地を思い浮かべたのち、敷地の外れにある道場に足が向いた。「竹刀を振るなら道場」という、ごく当たり前の連想だ。

夜間稽古《げいこ》で道場が開いていたら、片隅で素振りでもさせてもらおう。そう考えつつ道場の棟《むね》の前まで行く。

……と。なにやら、奇妙な感じがした。

道場には灯《あか》りが点《とも》っておらず、しかし、昇降口も窓も、大きく開け放たれている。元々古風な、開放的な造りであるだけに、内外の区別が薄く、夜の空気がそのまま入り込んでいるようだ。そして、その中に——

——なにか、怖いものがいる。

楠原は、そう思った。

暗い茂みの中に潜む猛獣か、はたまた、廃屋《はいおく》の屋根裏に棲《す》む妖怪か——ふと脳裏に浮かんだイメージを、楠原は頭を振って追い払った。昔から勘が鋭い質《たち》ではあったが、まさかこの街中に熊や猪《いのしし》がいるとは思わないし、オバケを本気で怖がる歳でもない。

なにかいるとすればそれは人間だろうし、普通に考えれば、自分と同じ《セプター4》の隊員だろう。灯りもつけずになにをしているのか、その点は気に掛かるが……。

楠原は、戸口からそっと道場の中を覗いた。

すると、

ドッ——

道場の奥から吹き抜ける突風が——いや、目の前で大きな太鼓《たいこ》を打ったような衝撃が、楠原の顔を打った。正確には、それは現実の風でも音でもない。なにか、見えない気配のようなものだ。

「……誰か？」

低い、落ち着いた男の声に誰何《すいか》され、反射的に姿勢を正した。

「は、はいッ、その……！」

楠原が泡を喰《く》っていると、道場の奥の暗がりから、声の主がぬっと歩み出た。

大柄な男だ。百九十センチを超える体格が太い筋肉の束に覆われていることが、道着の上からはっきりと分かる。左手を懐手《ふところで》にして……いや、その腕はひじの辺りまでしかないようだ。

そして右手には、引きずるような長さの大太刀《おおたち》を、抜き身のまま引《ひ》っ提《さ》げている。装備品のサーベルとは桁違いの危険な気配を発散する、剝《む》き出しの凶器だ。

——斬られる⁉

楠原は反射的に身を引きながら、竹刀を正眼に構えた。やや遅れて、刀身部にかすかな青い光が乗る。蓋然性偏向フィールドの副産物として発生する、分光現象だ。

半年前の《セプター4》への叙任《じょにん》からこちら、楠原の特異能力は格段に強化されていた。自らの能力を抜刀動作に紐《ひも》づけることによって、確実な発動と操作を可能にする——他の隊員たちと同様、そのように訓練を受けている。

日高の言葉を借りれば「マンガに出てくるビームの剣」。青い燐光《りんこう》の刃が、武装した巨体の男に向けられた。

「うん？　……ああ、いかん」

男はその様子を見ると、楠原に背を向け再び奥に入り、床からなにか長いものを拾い上げた。

暗さに目が慣れ始めた楠原には、それが太刀の鞘であることが分かった。男は鞘を左脇に挟むと片手で器用に納刀し、それを右手に持ち替えながら戻ってきた。

「驚かせてすまない。居合《いあい》の稽古をしていた」

「あ、いえ……」

刃が納められるさまを見て、ようやく気持ちに余裕ができた。よく見れば、男の物腰はごく穏当なものだ。左の頰に大きな傷跡が目立つが、眼鏡の奥の目は、柔らかな笑みを浮かべている。

「それで、きみは？」

「あ……撃剣機動課第四小隊、楠原剛です」

楠原が構えを解くと、竹刀から青い光が消えた。

「剣機《けんき》の……ああ、昼間の」

男は太刀を握った手の甲で、左の頰をこすった。

「昼間……？」

首を傾《かし》げる楠原に、男は名乗った。

「善条剛毅。〝倉庫の管理人〟だ。オバケでは、ないよ」

「……あ」

日中の訓練の際、自分たちの罰走の様子を隊舎の窓から見ていた人物。目の前の男がその当人であることに気づき、楠原は赤面した。

「……なるほど、それでひとり稽古か」

楠原が説明するまでもなく、あっさりと状況を把握した善条に対し、

「あの……お邪魔なら、また出直します」

半ばばつの悪さから、楠原はそう言ったが、

「いや、感心な心掛けだ、楠原君」

古傷の刻まれた頬が動き、荒削《あらけず》りな笑みを浮かべた。

そして――

まず、灯りは要《い》るかと聞かれたが、窓からの光で足元は見えた。善条自身は、暗いほうが感覚が冴《さ》えて都合がいいという。

それから、道場のほとんど端と端に位置を取って、ふたりはそれぞれの稽古を始めた。

楠原は納刀したサーベルを模して竹刀を腰に当てた姿勢からの、撃剣動作。一式始めの

抜刀から、構え、振り抜き、足を換え――そうしながら、ちらちらと善条の様子を窺う。

大きく距離を取ったのは「真剣を使うので危ない」と善条が言ったためだが、その善条は、道場奥の神棚に正対し、太刀を傍らに置いて、じっと正座している。

――それにしても、すごい刀だな。

楠原は、先ほど目の当たりにした抜き身の大太刀のありさまを思い浮かべた。

ぎらつく光を宿した、肉厚の刀身。人間の体などは、縦でも横でも、あっさり真っ二つにしてしまいそうだ。

――しかし、あんなに長いもの、扱いにくくないんだろうか。

――しかも片手で……どうやって抜くんだろう。見てみたいな。

ここに来た当初の目的を忘れ、楠原の興味は、すでに善条のほうに移っている。

――夜中にひとりで練習してたくらいだから、他人には見せないようにしてるのかもしれない。ここは早めに切り上げて、こっそり窓から覗いてみようか……。

「――楠原君。だいぶ気が散っているようだが」

楠原に背を向けたまま、善条が言った。

「えッ……!?　あっ、はい、すみません！」

楠原はあわてて姿勢を正し、一礼した。

笑うでも咎《とが》めるでもなく、善条は言葉を続けた。

「周囲を意識するのはよいが、そのために型を崩すのはよくない」

「はい、気をつけます！」

硬直した姿勢のまま、楠原は答えた。

「それと……少し、拍子が揺らぎがちなようだ」

「はあ……拍子、ですか」

楠原は首を傾げ、

「……あ」

そして気づいた。

――これ、例の〝テンポ〟の話だ。

「『拍子が揺らぐ』……って、よくない意味ですよね」

楠原が探るように聞くと、善条の佇《たたず》まいが、わずかに揺れた。

「この場合はよくないが……剣術としては、正しい」

――よくないが、正しい。

まるで謎掛けのような言葉だが、楠原には、それがなにか、ことの核心を捉えているという予感があった。

「あの、それ……もっと詳しく教えていただけますか」

我知らず、善条に向かって一歩踏み出した時――

ドン――！

胸を突き飛ばされるような衝撃と共に、喉元《のどもと》に大太刀の切っ先が突きつけられた。

「……ッ!?」

楠原は反射的に飛び退《すさ》り、竹刀を構えた。

だが――

距離は依然、道場の端と端。三十メートルも離れている。目の前に見た切っ先は、恐ろしい気迫を感じた身体が幻視したものだ。

善条は片膝を立て、大太刀を抜き放っていた。抜刀の瞬間も、その方法も、まったく見えなかった。ただ、隻腕の延長たる刀身は気迫に満ち、その顔は凄《すさ》まじい鬼の形相《ぎょうそう》を浮かべていた。

鬼の切っ先は、楠原の喉を――いや、肩越しに戸口を指していた。

「――いやはや、見事な抜きつけです。肝が冷えますよ」

笑みを含んだ声が、背後から聞こえてきた。

「ふふ……湯上がりの身には、どうもよくない。風邪を引きそうだ」

振り返ると、戸口から長身の男が、こともなげに歩み入って来た。和装と洗いたての髪のため、普段と印象が異なるが――

「……室長？」

「こんばんは、楠原剛君。なんとも楽しそうな話をしているじゃあないですか」

男は楠原の名を呼びながら、しかし、その存在を意識してはいない。

〝室長〟こと、《青の王》宗像礼司。その目が不敵に見据えているのは、おのれに刃を向ける剣鬼の姿だ。

宗像は眼鏡を指で押し上げ、薄い笑みを浮かべた。

「〝鬼の善条〟の剣術指南――ひとつ、私にもお願いしましょうか」

†

――怖い人たちに、挟《はさ》まれてしまった。

楠原は竹刀を構えたまま固まっていた。まるでふたつの壁に前後から押さえつけられているかのように、身動きひとつ取れない。

宗像礼司と、善条剛毅。どちらも圧倒的な存在感を備えた人物だが、その印象は対照的だ。

善条の怖さ、抜き身の凶器のような緊迫感には、ある意味なじみがあった。剣道の師範や機動隊の上官たちが持っていた、牙持つ獣の気迫。基本的にはその延長線上にあるものだ。おそらくは、何十年にもわたって愚直に体と技を鍛え抜いた果てに至った、大きさ、速さ、強さ。うかつに近づけばひと噛《か》みに喰い殺されそうな、分かりやすい〝怖さ〟だ。

一方の宗像は、楠原の知る誰とも似てはいなかった。

歳は確か、二十三か四。大まかには自分と同年代と言っていい。一般警察を超えた権限と戦闘力を持つ組織の長としては、若すぎる……数字だけ見れば、そのように思える。

だが、本人を目の前にすれば、そのような思いはどこかに消し飛んでしまう。

善条の剣気をまともに突きつけられながら、この人物はまったく動じてはいない。薄い笑みさえ浮かべている。

巨大な、爆発的な力の発散を真っ向から受け止める、もうひとつの巨大な存在。ただしこちらは、水面下の氷山のような、正体のつかめない大きさだ。

……あるいは、彼の力がその全容を見せたものが、あれなのかもしれない。

かつて、楠原が夏の空に見たもの。宗像の頭上、はるか上空に位置し、切っ先を地に向けた巨大な剣――《ダモクレスの剣》。

宗像は自らの、深い、底知れない影の中に、あの巨大なエネルギーの塊を隠しているのだ。一見丸腰に見えても、誰よりも強力に武装している。だから刀を突きつけられても、いや、ひょっとすると銃器やミサイルに狙われてさえも、平然としていられるのだろう。

長大な太刀を抜き放った善条と、巨大な〝剣〟を隠し持つ宗像。

張り詰めた空気の中、ふたりの対峙《たいじ》は数十秒にも及んだ。

……いや、おそらくそれは、ほんの数秒のことだ。緊張状態の楠原には、それが何倍にも感じられたのだ。

やがて、

「……ご冗談を」

善条が肩の力を抜き、太刀の切っ先を降ろした。

宗像は答えない。口元には薄い笑みを浮かべたままだ。

床から鞘を拾って納刀すると、善条は立ち上がり、こちらに歩み寄ってきた。

「楠原君」

「はッ……!?」

飛び退くように道を空けた楠原の目の前を、のそり、大きな獣のように通り抜け、

「すまない。余計なことを言った」

「はいッ！　……あ、いや、いいえ！」

善条は戸口に立つ宗像に会釈し、さらに道場全体に向き直って一礼すると、そのまま歩み去った。

巨体の背が視界から消えると、道場の中の圧力が下がったように感じた。

しかし、楠原はなおも、緊張を解かず、善条の去った方向を見つめ続けていた。

なぜなら――

善条がいなくなり、宗像の意識がこちらに向いている。その気配を感じ、楠原は全身を硬直させていた。まさしく、蛇ににらまれた蛙《かえる》の体《てい》だ。

——もっと怖いことになってしまった。

宗像室長が今、なにを考えているのか。どんな気分なのか。まったく分からない。自分には理解できない巨大な存在が、視界の隅から自分の様子を窺っている。

「……そう緊張することはありませんよ、楠原君」

「はッ……え？　あッ」

宗像の仕草に促され、自分の手元を見ると、竹刀の刀身部が青い光を帯びていた。警戒心が無意識に顕れていたのだ。

「はッ、申しわけありません！」

楠原は気をつけの姿勢で向き直った。竹刀は切っ先を下に持ち替えられ、刀身部の光も急速に弱まり、消える。

宗像はわずかに微笑《ほほえ》むと、楠原から目を逸らし、善条の去った方向に目をやった。

「どうやら、我々は善条氏に嫌われてしまったようですね」

「えっ、僕もですか？」

楠原は反射的に答えた。

——自分みたいな小物に対して、好きも嫌いもないだろう。

その程度の考えだったが――

宗像の眉が、わずかに動いた。

「……！」

楠原は思わず背筋を伸ばし、宗像から目を逸らした。日ごろから、思ったことをつい口に出してしまうほうだ。よくも悪くも裏表のない性分で、今まであまり問題になることもなかったが……今日ばかりは命取りかもしれない。

「あの……すいません。余計なことを言いました」

またしても長い、恐ろしい間を置いて、

「……ふっ」

宗像が、わずかに息を洩《も》らした。

今まで顔に浮かべていた鋭利な冷笑とは違う、体の奥底から湧いて出た笑いだ。

「失敬。きみの言う通りです」

話をする時の癖なのだろう、眼鏡の位置を指で直しながら、宗像は言った。

「私は、あの人に嫌われているんですよ」

「……はあ」

あいまいな相づちを打ちながら、楠原は宗像の顔を窺った。

手のひらに半ば隠された表情は、状況を憂《うれ》えているようにも、逆に皮肉めいて楽しんでいるようにも見える。戸口の外を眺め、ゆるやかに笑うその風情《ふぜい》は、つい先ほどまでと比べれば、だいぶ人間らしく見えるが——

——やっぱり、よく分からない人だな……。

と、楠原は思った。

やがて、

「戸締まりを、お願いしますよ」

そう言って宗像も道場を去り、あとには楠原ひとりが残された。

ようやく、落ち着いて練習ができる。

月明かりがほのかに照らす、虚《うつ》ろな空間のただ中で、楠原は規定の動作を二巡、三巡と繰り返した。

ふたりの巨人の印象は、彼らが去ったのちも、残《のこ》り香《が》のような気配となってその場に残留していた。

今にも、道場の奥の暗がりから鋼《はがね》の切っ先が飛んでくるのではないか。あるいは今この瞬間も、冷ややかな視線が自分を見据えているのではないか。

そう考えると、自分の立ち居振る舞いにも、なにか一本、見えない筋が通る気がする。ひと握りの緊張感が足元から重心に沿って背筋を昇り、竹刀に仄《ほの》かな青い光を点し、さらに、剣先の動きや目配りを通して周囲に発散していく。

潜在的な危険を孕む薄闇の中、楠原は半ば無意識に、知覚と武装の射程を確認し、そして――


おのれの呼吸。

竹刀の重みと、空を切る音。

裸足《はだし》のつま先が床をこすり、踏み込みと共に軋《きし》ませる感触。

ぼんやりとした明かり。空気の動き。夜の虫の音。

それらすべてが自分の体の中に染み込み、あるいは逆に、自分の存在が周囲の空間に溶け出していく。

この空間には今、自分だけがある。いや、空間が自分そのものだ。

ふと手元を見ると、竹刀に宿っていた青い燐光が、さらにぼんやりと拡散していた。足元の床にも、かすかな光の輪が出来ている。

「あ……これって……」

楠原は戸惑い、そして。

『――きみの〝剣〟の及ぶ範囲は、きみの意志が支配する聖域と化す――』

かつて宗像が言った、謎めいた言葉。時を超えて思い出されたそれが、言葉にならない感覚を伴って、不意に腑《ふ》に落ちた。

――うん。

楠原は大きくひとつ息をつくと、竹刀を握る手に力を込めた。そして、その力を手から竹刀に、さらに、竹刀のひと太刀が及ぶ空間全体に伝えるさまをイメージする。

と――床の上に、楠原を中心とした、半径二メートルほどの光の円が描かれた。

自らの意志、〝見えざる剣〟が支配する空間――

――これが、〝聖域〟ってやつか……。

楠原は〝聖域〟を展開したまま、撃剣動作を続けた。光の円――いや、その上空を含めた半球状の空間が、楠原の意志に満たされ、また逆に、彼自身の力を強化しながら、その状態を安定させていく。かつてない充実した力が、我が身を超えて周囲の空間に張り詰めている。

――すごいな……。

自分が強い人間だなどとは思わない。他人と力を競おうという気持ちも、さほどない。しかし今、この空間、この瞬間においては、誰と戦っても負ける気がしない。相手がどんな力を持っていようとも。どんな強力な武器を具《そな》えていようとも――

――いや、それはさすがに言いすぎか。

例えば、善条の居合を相手にしたなら、自分は武器を構える暇もなく斬り伏せられてしまうだろう。あるいは宗像が相手なら、この〝聖域〟ごと、桁違いの力で圧《お》し潰《つぶ》されてしまいそうだ。

無論、戦闘組織の一員として「強くありたい」という気持ちはあるが、

——まあ、身の程ってものがあるよな。

楠原は苦笑じみた笑みをひとつ漏らし、そこから先は、操剣の動作と共に、おのれの小さな〝聖域〟を安定させることに努めた。

だが、しかし——

つい数分前までは、ただ漠然と〝巨大な存在〟としか認識できなかった男たちを、楠原は今、自らの尺度で推《お》し量《はか》っている。

自らの〝聖域〟を持つとは、そういうことだ。

その事実に、楠原はまだ気づいていない。

今はただ、無心に竹刀を振るい、薄闇の中に、小さな光の円を作り出すのみ——

†

翌日、昼の休憩時間。楠原は〝旧資料室〟に足を運んだ。

道場の鍵を返却するためだ。

昇降口の脇に掛けてあった鍵だが、道場の戸締まりをし、ひと晩預かった。それで今朝、始業前に庶務課に行ったのだが、

「ああ、これは善条さんの鍵ね」

中年の女性事務員に、そのように言われた。

聞けば、道場の鍵には、庶務課で管理される正規のもののほかに、善条隊員の合い鍵があるのだという。彼がよく夜中に稽古をするため、特別に持たされているらしい。

「西棟の一階の、突き当たりの……ええと、倉庫？　資料室？　そうそう、使ってないほうの……あの人、日中はそこにいるから。届けてあげて」

「あ、はい。分かりました……どうも」

事務員に頭を下げつつ、楠原は思った。

――あの人……内務の人だったのか。

昨日は〝倉庫の管理人〟と名乗っていたが、てっきりあれは、こちらに話を合わせた冗談かと思っていた。

戦闘組織である《セプター4》には、自分を含む実戦部隊のほかにも、その支援業務を旨《むね》とする内務部署がある。

それぞれに属する人間は、ひと目見れば区別がつく。「人種が違う」と言っていい。制服の腰に帯剣し胸を張って歩く精悍《せいかん》な若者たちは前者。一般人に近い雰囲気を持つ女性や中年男性らは後者だ。

しかし、昨日出会った善条は、どう見てもこちら側――むしろ、新米の自分などより、よほど戦闘的な存在と思える。それが、なぜ内務の所属なのか。

——あの、腕のせいだろうか。

過去の現場で片腕を失うほどの怪我をして、一線を退いた——そう考えれば、一応の筋は通る。が——

あの人はたとえ片腕でも、自分が束になっても敵わないほど、強い。いや、おそらくは剣機のトップクラスをもはるかに超え、宗像室長に手が届こうという強さだ。

——そんな人を、なんで内務に置いておくんだ？

——なにか、本人の意志の問題だろうか？　「もう荒事《あらごと》はこりごり」とか……。

——でも、真剣で稽古してたよな……まあ、単なる習慣かもしれないけど……。

そうした疑問が、午前の訓練の間中、頭の片隅に引っ掛かっていた。

そして、昼の休憩時間になると同時に、楠原はロッカーにしまっておいた鍵を取り、件《くだん》の資料室に向かった。

昨日窓越しに顔を合わせているので、だいたいの場所は分かっていたが、何度も建て増しをされているという隊舎には一部迷路じみた通路があり、十分あまり右往左往してしまった。早く済ませないと、昼食の時間が取れないかもしれない。

やがて、薄暗い、傷《いた》んだ廊下を通り抜けた先、古ぼけたプレートに「資料室」と手書きで記された部屋のドアを、楠原はノックした。

「すみませぇん」

室内に向かって呼び掛けてから、

――まさか、いきなり斬りつけられたりしないよな……？

楠原は、一歩引いて身構えた。

やや間があって、

「……はい」

ドアが開き、善条が顔を出した。

――あれ？

中腰の構えのまま、楠原は拍子の抜けた顔をした。

――この人、こんなに小さかったっけ？

いや、決して小さくはない。今目の前にしている善条は、上背も肩幅も、ドアの枠に支《つか》えそうな――丸々、戸板一枚ほどの体格だ。一般的な尺度では、巨漢と言うほかない。

しかし、昨夜見た時には確かに、もっと、はるかに大きかったように思う。その威圧感を、鮮烈に記憶している。そう、正座している姿さえ、見上げるほど大きかった――

――いやいや、そんなはずはない。それじゃあまるで、大仏かなにかだ。

楠原はわずかに頭を振って、考えをあらためた。

昨夜は比較物のない道場の中で、稽古中の善条の気迫に当てられたため、やたらに〝大きい〟〝強い〟という印象が心に刻まれた――おそらくは、そういうことだろう。

「ああ、きみは、昨日の……楠原君」

「はい、楠原剛です」

楠原は背筋を伸ばし、敬礼した。そして、穏やかな笑みを浮かべながら答礼する善条に、ポケットから鍵を取り出して見せた。

「あの……道場の鍵です。善条さんにお返しするように言われました」

〝善条さん〟。

彼の地位や職分が分からなかったので、どう呼ぶべきか、あらかじめ庶務課で聞いておいた。

正式には〝庶務課資料室〟の〝善条室長〟ということになるらしいが、《セプター4》において〝室長〟と言えば〝宗像室長〟のことになる。ややこしいのでみな、肩書き抜きの〝善条さん〟と呼んでいる、とのことだった。

しかし、

――なじみのある人ならともかく、いきなり新米になれなれしく〝さん〟呼ばわりされたりして、気を悪くしないだろうか？

そう思った楠原が、若干緊張しながら善条の顔を窺うと、

「ああ、すまない。手間を掛けた」

善条は荒削りな笑みを頬に浮かべながら、右手を差し出した。硬いまめがごつごつと固まった、岩のような手のひらだ。

——うわ、すごい手だ……。

手のひらに鍵を載せながら、思わず見入っていると、

「汚い手だろう」

善条は苦笑しながら、鍵を胸ポケットにしまう。

「あ、いえ、失礼しました……それでは」

楠原が敬礼してその場を去ろうとすると、

「ああ、楠原君」

背中から、呼び止められた。

「はい？」

振り返ると、善条が自分の頬をこすりながら、なにか物思わしげな顔をしていた。

「……楠原君、ちょっといいか」

†

「——朝からコンピュータの調子が悪くて……ちょっと、見てもらえないだろうか」

そう言う善条は、心なしか、小さくしぼんで見えた。

「は、コンピュータ……ですか」

「無理かね」

善条が、さらにひと回り小さくなる。

「若いから、機械には詳しいかと思ったのだが……」

「あ、いえ。言うほどではないですが……パソコン、ですよね？」

楠原は頭を掻きつつ、しかし、

――この様子じゃ……たぶん、この人よりはマシだよな。

と思った。剣機でもパソコンを使う業務は多々あるし、安物ながら、私物としても持っている。

「じゃあ、拝見します……ものはどこですか」

「うん、すまない」

善条の肩から、わずかに力が抜けた。

そして――先導する善条の背中と、左右のロッカーの壁。三方の視界をふさがれながら、楠原は資料室の奥へと案内された。実際にはほんの数秒のことだったろうが、楠原にはそれがひどく長く感じられた。どうも、この人が目の前にいると、物の大きさだけでなく、時間の感覚までもが狂うようだ。

不意に善条が脇に退き、目の前が明るくなった。

開いた窓の際に、積み上げられた書類に埋もれるようにして、一台のデスクがあった。

しかし、デスクの上にも、周囲のキャビネットにも、パソコンらしき物は見当たらない。

楠原が辺りを見回すと、善条が右手でデスクの上を指した。

「これなんだが……」

「え……あっ、これ、パソコンですか」

目の前のそれは、楠原のイメージする〝パソコン〟とはだいぶ違うものだった。つまり、薄い折り畳み式のノートパソコンではなく――

大きな平たい箱形の筐体《きょうたい》の上に載った、小型のテレビほどのブラウン管モニター。そして、コードで繋《つな》がったフルサイズのキーボード。どれも、元はクリーム色だったと思われるが、今は日焼けと手あかで煤《すす》けている。

「……ああ、こういうのですかぁ……」

思わず間の抜けたことを言う楠原に、善条は神妙な顔で答えた。

「うん。だいぶ古いもののようだが……」

「……なんだか、変な音がしてますね」

「うん」

ふたりで息を止め、耳を澄ます。古いパソコンの筐体は、先ほどからブンブン、ガリガりと、不穏な音を立てている。

「朝、スイッチを入れてから、ずっとこうだ。操作ができない」

「はあ……」

黒地に白い文字列が、にじんで表示されている。楠原はモニターに顔を寄せた。

「ええと、オペ、レー……ション……?」

そして、善条を振り返り、

「……なんか、『OSが見つからない』とか、書いてありますね」

「オウエスとは、なにかね」

「え」

あらためて聞かれると、自分でもよく分からない。天井を上目に見ながら、楠原は言った。

「えーと……コンピュータに入っているプログラムの、すごく大事なやつ……ですかね」

「大事なものか」

「はい……たぶん」

「それは、ないと困るか」

「……はい」

「む……」

善条は険しい顔であごをこすり、

「……どうしたら、いいだろう」

そのまま、彫像のように固まった。

二秒、三秒と、気まずい時間が流れ、

「……あの、誰か分かる人、呼んできましょうか」

「……頼む」

善条が、微動だにせず言った時、

「おーい、タケェー！　タケルー！」

窓の外から、大きな声が飛び込んできた。見れば、グラウンドに青い制服の隊員たちが集合しつつある。声の主は、頭上でサーベルを鞘ごと振り回している日高だ。

「おまえ、ンなとこでなぁーに油売ってんだよ！　午後訓練《ゴゴレン》始まッぞォ！」

「あっ！　はッ、ハイッ!!」

楠原はあわてて窓とモニター、そして善条の顔を見回した。

「……すまなかった。行ってくれ」

善条はそう言って、グラウンドに直接出られる大窓を指した……が、ひどく頼りない風情だ。

「失礼します！」

頭を下げ、駆けだした楠原が、窓の手前で振り返った。

「あの……定時後にまた来ます！」

†

昼食を取り損ねたため、午後の訓練はきつかったが、どうにか無事に終了した。

日の暮れかけたグラウンドを横切って善条のもとに向かうころには、西棟は夕陽をさえぎる暗い壁となっていた。

一階の〝庶務課資料室〟には、明かりはついていない。善条はもう帰ってしまったのかもしれない。

――そりゃそうか。なにも僕でなくても、他の人に聞けばいいよな。

しかし、よく見るとグラウンドに面した窓が開いている。

昨日の道場と同様、戸締まりをせずに帰ってしまったのか――

そう思いつつ近づき、

「――うわ、まだいた！」

と、楠原は声を上げた。

薄暗い室内では、背筋を伸ばした姿勢で窓際のデスクに着いた善条が、微動だにせず、異音を発するパソコンをにらんでいた。

「ん……おお、楠原君。来てくれたか」

善条が顔を上げた。どうやらずっと、その場で楠原のことを待っていたようだ。

――別の人を呼べばよかったのに……。

とは今さら言い出しづらく、その件は避けて、

「どうも、遅くなりまして……」

と、楠原は頭を下げた。

「……あの、分かりそうな人、連れてきました」

楠原の背後から、二名の隊員が前に進み出た。

まず、長髪を首筋の辺りで括《くく》った眼鏡の青年が、姿勢を正し、敬礼した。

「撃剣機動課第四小隊、榎本竜哉《えのもとたつや》です」

そして、

「同じく！　剣四《ケンシ》の日高っス！」

日高が頭の上で大きく手を振った。

そして、大窓から資料室に入り、

「――おおッ⁉」

問題のパソコンを見るなり、それまで落ち着いていた榎本が、頓狂《とんきょう》な声を上げた。

「ナナパチ……ッ！　ＰＣＲＸ‐78じゃないですか！　二十年くらい前のマシンですよ。これはレガシーというか……いや、もはやヴィンテージですね！」

筐体に飛びつき、舐《な》めるように観察する榎本の姿に楠原がたじろいでいると、その背を日高が叩いた。

「な、言ったろ！　こいつオタクなんだよ」

その言葉も聞こえなげに、榎本はモニターの裏に首を突っ込み、配線や型番を確認する。

「おッ！　しかもタイプＧ３！　ドライブシャフトが磁気コーティングされてるんですよね、これ！」

「いや……そうなのか」

善条が気圧《けお》されたように答え、

「知らねーよ、そんなもん」

日高があっさりと切って捨てる。

「……で、直るの？　直らねーの？」

榎本が顔を上げた。

「え、直るって……ああ、このガリガリ？　こんなのは……ほら」

榎本は筐体についたボタンとレバーを操作し、筐体のスリットから手のひらほどの四角い板を抜き出した。それで、異音はあっさりと収まった。

短い電子音と共にパソコンが再起動し、起動プロセスを示す表示がモニター画面を流れ始める。

「……直った」

善条が呟き、

「え……今、どうしたんですか？」

楠原が聞くと、

「いや、これは別に、故障でもなんでもなくてね——」

榎本は笑って答えると、善条に向かって、今しがた抜いた板を振って見せた。

「善条さん。このフロッピー、抜き忘れてませんでしたか？」

「む……そうかもしれない」

善条が神妙にうなずくと、

「Aドライブにフロッピーが入った状態で電源を入れると、マシンがそれを起動ディスクと認識してOSを呼び出そうとするんです。で、それがただのデータディスクだと、ありもしないOSをいつまでも探し続けてしまうわけ。まあ、この時代のマシンじゃ、典型的なトラブルですよ」

と、榎本が説明した。

「うん、そうか。オウエスか」

善条は再びうなずき、

「よく分からないが……てっきり壊してしまったかと思った」

「いやあ、大ごとでなくてよかったですねえ」

そう言った時、楠原の腹が、ぐう、と鳴った。

「あ、すいません……」

赤面する楠原の背を、日高が叩いた。

「はは、こいつ、昼間ッからグーグーグーグーうるせえんスよ！　……榎本《エノ》！　おいエノ！

もういいだろ！」

「……ん……もうちょっと」

パソコンをいじりながら生返事を返す榎本の後頭部を、日高が叩いた。

「メシ行くぞ、メシ！」

と――

「ああ、私も昼がまだだった」

善条が、のそりと部屋の奥へ歩きだした。

「もしよければ……今、蕎麦《そば》でもゆでよう」

「は……ソバ、ですか」

楠原が日高と榎本の顔を見ると、

「お、イイっスね！　ゴチになります！」

日高が高く手を挙げた。

†

元々はなにに使われていた部屋だったのか、〝庶務課資料室〟内には、小さなキッチンがあった。それで、善条は食堂を使わず、簡単な食事をこの部屋で取ることが多いという。

「せいぜい湯を沸かすくらいしかできないが……蕎麦は好きなので、よくゆでている」

室内にはまともなテーブルはなく、デスクに蕎麦のざると薬味の皿、それに善条の蕎麦猪口《ちょこ》を載せると、ほとんどいっぱいになった。食器も足りないので、楠原たちは汁物用の椀《わん》やマグカップに蕎麦つゆを入れている。椅子《いす》は善条が使う正規のもののほか、パイプ椅子が一脚。これにはちゃっかり日高が収まり、楠原と榎本は立ち食いの姿勢だ。

「んッ！　ウマッ！　これ旨《うま》いっスね！　ひょっとして高級なやつっスか？」

「いや、近所のスーパーで買ったものだが……」

「そうっスか、旨いっス！」

屈託なく言いながら、ざるから大ざっぱに蕎麦を掻き取る日高に、

「日高……ちょっとは遠慮しなよ」

と、榎本が言った。

「馬鹿、大皿は早いモン勝ちが基本だ、ホレ」

「あッ」

さらにごっそりと日高が麺を奪っていくと、榎本が善条に頭を下げた。

「すいません、こいつ男兄弟で育ったとかで……いや、ほんとにすいません」

なぜか日高の行状について謝り続ける榎本と、

「俺、ねぎ好きなんスよ。旨いっスよね、ねぎ」

薬味のねぎをありったけ椀に入れ、勢いよく蕎麦をすする日高。

その様子を見ながら、善条はわずかに頬をゆるめた。

「うん。今日のねぎは、旨い」

「今日の……？」

楠原が首を傾げると、善条は箸《はし》を持った手首で、おのれの左肩を指した。

「なにしろ、この手だ」

「……あー」

楠原は納得した。左手を使えない善条は、包丁を使ってねぎを細かく切ることができないのだ。先ほどは「手伝います」と言って楠原がねぎを刻んだが、それが久々に、まともな薬味らしくなった……ということらしい。

「蕎麦、もっと要るかね」

善条が席を立ち、

「あ、お願いしゃーっス」

「……すいません」

日高と榎本が頭を下げた。

「ねぎもですね」

「おう！」

善条のあとを追い、小走りでキッチンに向かう楠原。その背を見て、日高がぽつりと言った。

「なあエノ……あいつ、可愛《かわい》いよなあ」

「ごふッ」

「なッ……おまえなにむせてんだよ！　別に変な意味じゃねーよ！」

あわてる日高に対し、榎本がそのまま二度、三度と咳《せ》き込んでいると、

「え、どうしました？」

楠原が振り返った。

「なんでもねー！　ねぎ切ってろ！」

「はあ」

楠原は首を傾げ、再びトントンと音を立ててねぎを刻み始める。

榎本の咳《せき》は、やがて、そのまま笑いに変わった。

「けふっ……いや、分かる。分かるよ。楠原君って、弟分タイプというか、仔犬《こいぬ》っぽいというか……可愛げがあるよね」

「――なるほど、可愛げ、ですか」

「そうそれ、カワイゲ！　俺はそう言いたかった――うわあ⁉」

日高が振り返ると、開いた窓の向こうに、〝室長〟宗像礼司が立っていた。

切れ長の目が、部屋の奥に向かい、薄い笑みを浮かべる。

「こんにちは、善条さん。またお邪魔しますよ」

「お……おつかれさまですッ！」

箸と椀を持ったまま榎本が直立し、

「おい、タケル！　席作れ、席！」

「え、席って？　――うわ！」

若い隊員たちが大騒ぎをする中、宗像は大窓を通って、室内に入ってきた。

やがて――

椅子に座り、二杯目のざるを前に、用意された食器を手に取る宗像を、全員が固唾《かたず》を呑《の》んで見守っていた。

——この人、蕎麦とか食べるんだ……スーパーの……。

当たり前といえば当たり前のことを、楠原はひどく意外に思った。

意外どころか、宗像が普通の食事をしている姿が、今まで想像できなかった。食事や睡眠のような、普通の人間としての生活を、この人物は持っていないような気がしていた。

趣味として、しばしば茶を点《た》てている……という話を聞いたことがあるが、なにやらそういった、儀式や瞑想《めいそう》のようなもののエネルギーで活動しているのではないかと——

もちろんそれは、単なる妄想に過ぎない。だが、目の前の宗像本人の振る舞いは、そうした印象をさらに強めるものだった。

椅子に座るその姿は、背筋が自然に伸びている。箸の使い方も正確で美しい。ひと箸ですくう麵は多くも少なくもなく、それを淀みない動きで猪口に落とし、口に運ぶ。

音はほとんど立たない。すうっ……すうっ……と、美しい動作によって、手品のように麵が消えていく。今しがた、自分たちが子供のように騒ぎながら食べていた蕎麦とは、まったく違うもの、違う行為のように見える。

楠原だけではなく、日高や榎本も、身動きも取れずにその様子を凝視している。

普通の人間なら——いや、普通の動物ならば、無防備な摂食《せっしょく》の瞬間を一方的に見られることには、本能的な抵抗があるはずだ。しかし、宗像は自分を囲む隊員たちの視線を気にする様子もなく、悠然《ゆうぜん》と蕎麦を手繰《たぐ》っている。むしろ、そうしながら、逆に周囲を圧倒す

らしている。

「――どうしました？　蕎麦が伸びてしまいますよ」

「あッ、はい！」

「もうしわけありません！」

楠原と榎本が気をつけの姿勢で答え、

「じゃあ……いただき、ます」

日高がぎこちなく手を伸ばし、お義理とばかりに、二、三本の麺を箸でつまんだ。そして、気まずい間をごまかすように、何度もつゆの中を躍らせ、ゆっくりと時間を掛けて口に運ぶ。音は極力立てない。

その一連の動作を、宗像が笑みを含みながら見守っている。

「えー、その……たいへん、けっこうなゆで加減で……」

しどろもどろにわけの分からないことを言った日高が、次いで、榎本の脇腹を小突きながら耳打ちした。

「おいエノ、次おまえだ」

「次ってなんだよ」

まるで罰当番を押しつけ合うような会話。実際、宗像の視線にさらされながら、のんびり蕎麦をすすろうなどは、ストレスそのものと言える行為だ。

困惑した榎本が、ちらりと楠原を振り返った。

――え、僕ですか⁉

思わず首を小さく横に振ると、榎本は絶望じみた顔をする。

「ふ……ジャンケンでもして、順番を決めますか？」

「「「いえッ！　もうしわけありません！」」」

三人が、並んで気をつけをした時、その目の前を、善条がのそりと横切った。手には蕎麦つゆを入れたどんぶりを持っている。先ほどまで使っていた蕎麦猪口は洗って宗像に渡されているが、その代わりらしい。

「失礼……」

善条はどんぶりをデスクに置くと、ギシリと音を立てて、宗像の目の前のパイプ椅子に座った。そして、ざるから手づかみで麵を取り、無造作にどんぶりに移す。さらに手づかみでねぎを散らすと、箸を取り、勢いよく蕎麦をすすり始めた。

左手でどんぶりを持てないため、顔を低くした犬食いの姿勢だ。行儀もなにもあったものではないが、その所作には、大きな獣の動作のような、不可思議な威厳があった。「まるで、虎が蕎麦喰ってるみてえだった……」とは、日高がのちに漏らした言葉だ。

およそひと束ほどの蕎麦が、ほんのふた口で、善条の体内に消えた。絶句する楠原たちの前で、善条はさらにざるから麵を取り、急速に平らげていく。

「ふふ……いい食べっぷりですね。ほれぼれしますよ」

宗像が微笑んだ。

「絵になる人だ、あなたは」

「お恥ずかしい……卑《いや》しさが身に染みついています」

瞬《また》く間にざるを空にすると、善条は再び立ち上がった。

「……茶でも入れましょう」

「お茶はいただきます。しかし、追い出そうとしても無駄ですよ」

善条の動きが止まり、楠原たちが息を呑んだ。

底の知れない笑みを浮かべながら、宗像は言った。

「善条さん……今日は蕎麦だけでなく、私の頼みを呑んでもらいます」

第二章

道場稽古

東京法務局戸籍課第四分室。

国家行政組織の末端に位置し、「特異現象誘発能力保持者の登録情報の集積及び管理」を業務とする、小さな事務室――《青の王》宗像礼司の公的な立場は、その〝室長〟ということになる。

百名近い特異能力者を擁《よう》する戦闘集団《セプター4》は、厳密には、公の組織ではない。表向きは〝第四分室〟の業務の一部を委託される外部機関であり、同時に〝第四分室〟室長・宗像礼司の私兵と言うべきものだ。

とは言え実際には、《セプター4》と〝第四分室〟の構成員はほぼ同一だ。つまり、〝第四分室〟とは、超法規的側面を保つ《セプター4》に与えられた書類上の身分、ということになる。

だが、宗像は普段から〝室長〟を名乗り、部下にもその呼称を徹底させている。

誰よりも巨大な、超越的な〝力〟を誇示しながら、現行の社会体制への恭順の意を示す――その真意は、余人にはうかがい知ることができない。

鵺《ぬえ》のような男だ――と、善条は思う。

目の前で、鵺のような男が、鵺のように笑った。

人の足元を、絡め取る笑いだ。

†

日中の道場では、小隊ごと、あるいは自主参加枠の柔剣道の稽古のほか、週に一度、剣機全隊の参加する合同稽古が行なわれている。

帯剣時の集団動作の習得のために行なわれる撃剣訓練とは違い、道場稽古は個々人の剣術自体の習熟を意図している。

稽古は道着に竹刀で行なわれる。競技剣道では禁じ手とされる技も使い、容赦《ようしゃ》なく当てる。防具は用いない。敵の攻撃を避ける身のこなしを、無数のあざと共に体に刻み込んでいく。

土曜の午後、合同稽古の開始直前。約百名の隊員たちが正座で並んでいる。撃剣訓練の際と同様、副長・淡島世理が、ひとりで彼らに向き合い、統制している。

いや――今日は淡島の横にもうひとり、見慣れぬ男がいた。

筋肉質の巨体を道着に包み、古木のように鎮座する、隻腕の男。ひと言も発することなく、ただそこに在るだけで、異様な存在感を発散している。

「……おい、なんかすげえのがいるな」

「んんー、ナニモノですかねェー……」

第四小隊の隊員、布施《ふせ》と五島《ごとう》がささやき交わしていると、

「ふふふ、俺は知ってるぜえ」

斜め後ろからにじり寄るように、日高が首を突っ込んできた。

「あれはなあ……お蕎麦のヒトだ」

「なんだそりゃ」

布施、五島が怪訝《けげん》な顔をし、日高の横にいた榎本が苦笑した。

「すごいベテランだそうだよ。怪我で内務に転属されてたみたいだけど……」

「へえ……歴戦のナントカってやつか。まあ、見るからにただモンじゃねえな」

「いや、それが意外といい人でさ——」

「——静粛に！」

凛とした声が道場に響き、日高らはあわてて姿勢を正した。

「本日より道場稽古の顧問になっていただく、善条剛毅氏だ」

紹介しながら淡島が会釈すると、善条は頭を下げ返し、隊員たちに向き直った。

「よろしく」

そこからなにか演説が始まるかと、隊員たちは善条に注目していたが、善条はそれ以上しゃべることはなく、ゆっくりと道場を見回し、再び頭を下げた。

「善条氏は《セプター4》の旧体制時代から実戦の場に立たれていた、たいへんに経験のある方だ。くれぐれも失礼のないように」

淡島が後を引き継いで挨拶《あいさつ》を締め、

「はッ!」

隊員たちが一礼し、やがて稽古が始まった。

いくつかの簡単な型動作と、軽い素振り、列を作っての打ち込みなどを行なったのち、淡島が号令した。

「――乱闘ッ!」

〝乱闘〟とはいわゆる地稽古の一種だが、実戦における乱戦状態を想定しており、次々に相手を替えながら、各自が縦横に移動し、打ち合うことになっている。目の前の相手以外にも、横や背後の死角から竹刀や他人の体がぶつかってくる、危険な稽古だ。

床をこする足、打ち合う竹刀、隊員たちの発する気声――乱闘中の道場は無秩序状態の様相を呈するが、よく見ていると、その中にも各々の個性や、一種の無秩序なりの秩序が存在することが分かる。

例えば、淡島は乱闘に参加せず、壁沿いをぐるりと歩きながら、

「石塚《いしづか》！　引きすぎだ！　打ち返せ！」

「陣内《じんない》！　捌《さば》きが雑だ！」

などと鋭く檄《げき》を飛ばし、全体の空気を引き締めている。

また、秋山《あきやま》、弁財《べんざい》、加茂《かも》、道明寺《どうみょうじ》――四人の小隊長の周りは、彼らの技量と威圧感を示すように空間がやや大きく開き、周囲の者が彼らへ挑戦していく体《てい》を取る。

そして、もうひとり――

第四小隊、楠原剛。

体格は小さく、恐れられるような腕前でもないが、なぜか周囲に間を空けられ、避けられている。

「やりにくい」からだ。

本人も先日より自覚しているように、楠原の体はしばしば打ち合いの呼吸や間合いを微妙にずらし、相手の予期せぬ瞬間に動き出す。自らの反射神経をもって、敵の虚を突いている――というよりは、単に「間が悪い」という表現がしっくり来る。

例えばこれが会話ならば、言葉の受け答えがまずかったり、しゃべり出しがぶつかる程度で済むが、剣術の稽古となると、ぶつかるのは竹刀や身体ということになる。

本人に悪気がないことは誰もが承知しているし、そもそも乱闘稽古はそうしたイレギュラーな事態への対処そのものを意図している。ただ「こいつの相手は、なんとなく面倒だ」

――そういう気分が、周囲の微妙な距離感となって表れている。

その一方で、楠原のそうした性質を好む者もいる。

「楠原！」

やや離れた場所から、竹刀の切っ先を向けて日高が呼ぶと、

「はいッ！」

楠原も構えを取って応えた。

ふたりでじりじりと間合いを縮め、牽制《けんせい》し合い、やがて、ふと日高の切っ先が下がる。

「やあッ！」

「はッ！」

すかさず打ち込んでくる楠原に、日高は後《ご》の先《せん》で抜き胴を決めた。防具を着けていないため、衝撃が直接内臓を打つ。

「が……ッ！」

楠原は身を折って肺の空気を吐き出した。が、すんでの所で膝を突かずに踏みとどまる。

「よぉし、もう一本！」

「か……はい……ッ！」

どうにか構えを取るが呼吸のできていない楠原に対し、

「……はは、息していいぜ」

日高は構えを解き、竹刀を担いで笑う。が――

「――日高！　気を抜くな！」

「うえッ」

淡島の叱咤《しった》を受けて身をすくめる。

そうしたさまを、やや離れた位置で観察しながら、

「んふふ……日高は楠原君が好きなんだねェ」

五島が低く笑い、その五島と打ち合いながら、

「ああ、新人の……俺もあいつ好き」

と、布施が答えた。布施や日高たち、第四小隊の問題児組は、淡島や隊長連の目を盗み、打ち合う振りをしながら休憩や雑談をする技術に長《た》けている。

「あいつ、フェイントとかにものすげえ引っ掛かンだよ。犬っころがジャレてくるみたいで、面白《おもしれ》えよな」

――〝犬っころ〟は言いすぎ。

ふたりの会話を聞きつけ、榎本が苦笑したが、

――あ……自分もこの間〝仔犬〟って言ったっけ。

と、思い出す。人のことは言えない。

そこに、

「……そういや、うわさのタッジンはどうしてるの」

「お？　さあ……」

五島たちが言い、榎本もまた、思わず道場の奥に目をやった。

隻腕の男、善条は、稽古の開始時と同じ場所に座ったまま、ぴくりとも動かない。

「……寝てんじゃねえのかあ？」

「んふふ、そうかもねェ……あ。淡島さんが起こしに行くよ」

五島たちが言う通り、道場を三度ほど回って戻った淡島が、善条に話し掛けた。

「善条さん……いかがでしょう」

稽古の音に聞き入るようにしていた善条が、顔を上げた。

「は……皆、たいへん覇気があって、結構と思います」

当たり障《さわ》りのない受け答えだ。

すると、淡島は善条を正面に見すえる位置で正座した。正眼からの打ち込みにも似た、ぶれのない佇まいだ。

「善条さんは、旧《セプター4》にて先代の《青の王》の側近を務めておられたと、室長よりうかがっています」

「いや……昔の話です」

「未だ、剣を取っては並ぶ者なしとも」

「まさか」

善条は居心地悪そうに眼鏡の位置を直し、

「それは宗像室長の買い被り……いえ、人の悪い冗談でしょう」

「ご謙遜《けんそん》は不要です。どうぞ、一手ご指導ください」

「や、それは……」

詰め寄るような姿勢の淡島に、頭を掻いて困惑する体の善条。

いつしか周囲の隊員たちも稽古の手を止め、異様な雰囲気を示すふたりを見守っていた。

淡島も、なにか含みがあって言っているわけではない。目の前の人物について、宗像室長が強いと言ったなら強いのだろう、教えを請《こ》えと言ったなら請うべきだ……と、単純に考えている。

「んふ……困ってますねェ、タッジン」

「世理ちゃん空気読まねえからなあ」

五島、布施がひそひそとささやき交わす。道場全体がかすかにざわめいているのは、同様の会話がそこここで行なわれているためだ。

「……いかがでしょう」

駄目押しとばかりに、淡島が迫った時——

「——あの……淡島副長！　一本お願いします！」

楠原が前に進み出て、竹刀を構えた。

「お？　助け船か」

「度胸あンなあ」

「身の程を知らんとも言う」

隊員たちが言い交わす中、

「……よし、来い」

淡島が立ち上がり、楠原に向かって構えた。

「はいッ！　やッ――」

――パァン！

楠原が打ち込みのために竹刀を振りかぶろうとした瞬間、淡島の切っ先がわずかに動いた。その動きに反応し、楠原の体が一瞬硬くなった。その隙を突いて淡島が正面から踏み込み、楠原の額を打った――この間、〇・五秒。

楠原がその場に尻餅をついた。軽い脳震盪《のうしんとう》を起こしたらしく、頭をふらつかせている。

おお……と、隊員たちが低くどよめいた。淡島の鮮やかな打ち込みもさることながら、

「こんなにきれいに負ける奴、ほかにいねえよな」

そう言って苦笑する布施の脇腹を小突き、

「馬鹿野郎、俺は評価するぞ、楠原！」

と、日高が言った。

戸惑いがちな、低い笑いの中、

「楠原、立てるか……無理か。では、そこ。隅に運んでやれ」

楠原と周囲の隊員たちに手早く指示を出すと、淡島はふたたび善条の前に座った。

「……いかがでしょう」

先ほどの会話の続きだ。楠原との立ち合いは、すでに意識すらしていない。

「……そうですな。それでは……」

いかにも気が進まぬといった様子で、善条が立ち上がり掛けた時——

道場の壁に設置されたスピーカーが、けたたましいサイレン音を発した。

〝全隊緊急出動〟のサインだ。

†

反射的に立ち上がった淡島が振り返り、そして、無言でうなずく善条に一礼すると、緊張する隊員たちに号令を発した。

「総員、制式装備で降車場に集合！　第一、第二小隊は先行して発車、移動中に情報支援を得てブリーフィングを行なう。第三第四は別命あるまで臨戦待機！」

「はッ!!」

隊員たちは、水が流れ出るように、速やかに道場から退出していく。

「あ……」

あわてて起き上がろうとした楠原の肩を、日高の手が押さえた。

「副長、楠原は!?」

日高が顔を上げて聞くと、

「その場で安静！」

淡島の声が遠ざかりながら答える。

「……だ、そうだ。今日はここでサボってろ」

「あ……はい」

日高は楠原の肩をぽんと叩き、他の隊員たちを追って去っていった。

それからしばらくの間、楠原は道場の隅の床に転がり、天井を見上げながら放心していた。

さほど長い時間ではない。我に返った時にはまだ、表からあわただしい点呼や車両誘導の声が聞こえてきていた。

ただ、それらの騒然としたエネルギーが、道場から外に抜けてしまった……という感じがした。先ほどまで、百人の隊員たちが火花を散らすように打ち合っていた空間が、今はただ、がらんとした、空っぽの器のようになっている。

空の器の中には、今、ただふたりの人間が残っている。楠原自身と、それに善条だ。

善条は、キャスター付きの竹刀立てを引きつつ、隊員たちが床に放り捨てていった竹刀を一本ずつ拾っていた。

「あっ、すいません。僕、やります」

立ち上がろうとする楠原を、善条が手で制した。

「もう少し、休んでいなさい」

「あ……はい、すいません」

楠原は壁にもたれる形で座った。まだ少し、頭がくらくらする。

「……こちらこそすまない。きみに気を使わせてしまった」

と、善条が言うのは、先ほど、楠原が淡島に挑戦したことだろう。善条の困惑している様子を見て、思わず出しゃばってしまったが――

「いえ、余計なことをしました。あんまり意味なかったみたいだし……」

「ふむ……」

生返事をしつつ、善条は竹刀の回収を終え、床にモップを掛け始めた。道場の掃除は慣れているのだろう。長い柄を右手と脇で固定し、片手で器用にモップを動かしている。

「……善条さん」

「うん？」

「……僕、才能ないんでしょうかね」

「ふむ……」

善条は立ち止まり、右手であごをさすった。

そして、楠原の質問には答えず、モップ掛けを再開する。

――笑ってる……？

善条の姿をぼんやりと眺め、そして表の物音を聞きながら、楠原は前髪を掻き上げた。

――笑っちゃうほどひどい、ってことか……。

指が触れた額に、大きなこぶが出来ていた。

†

昼間の緊急出動は、都内某所で発生した暴行事件に対処するためのものだったという。

言うなれば、「喧嘩《けんか》ひとつに百名の治安部隊が動員された」ということになるが、当事者のひとりがベータ・クラス能力者であったため、

「怪獣が出たから、軍隊が出動――ってとこだな」

と、帰還した日高が言っていた。

「いわゆる〝ベータ・クラス案件《ベータ・ケース》〟ともなると、宗像室長が直々《じきじき》に出るか、あるいは今日みたいに全隊出動、って感じになるよね」

と、榎本が解説を入れるところに、日高はさらに言葉を重ねる。

「今日の奴も、淡島副長に、秋山隊長、弁財隊長、その辺で取り押さえたわけだろ？　結局、隊長だけしか役に立ってねえよな」

「いや、人数だって必要だよ。警察と連携して周りを固めたり……でも、百人は要らないか。それに、第四小隊《うち》も道明寺隊長が前に出張《でば》っちゃって、ちょっと後方がガチャガチャしたね」

「〝強い奴〟と〝仕切る奴〟は分けなきゃだよなあ」

「まあ、《セプター4》の組織はその〝強い奴〟の存在あってのものだから……本来は、隊長の戦力を軸に小隊単位で通常《コモン》クラスの能力者に対処するのが前提なんだけど、相手がベータ・クラスだと、いろいろイレギュラーなことになっちゃうね」

「そもそもベータ・クラスって、なあ……〝数百万人にひとり〟だっけ？　全国に百人いるかいないかって連中が、なんで毎週みたいに出てくるんだよ。今年は当たり年かなんかか」

「それ、謎だよねえ」

榎本がうなずいた。

「今のところ、原因は分かってないみたいだけど……とにかく、こっちは対応していかなきゃいけないわけで」

「……それで、例の組織改編、ですか」

と、楠原が合いの手を入れた。

——数日前、例の〝蕎麦の日〟。

善条のもとを訪れた宗像は、撃剣機動課及び《セプター4》全隊の組織を、対ベータ・ケースを想定した体制に組み替える構想について語った。

突発的に出現するベータ・クラス能力者への迅速な対処を可能とするために、通常の剣機部隊の上位に、特異能力及び戦闘技能に優れた隊員からなる選抜部隊を置き、情報と権限を集中する。逆に言えば、小隊長クラスの強力な人員を〝部下の統率〟の任から切り離し、個人レベルの機動性を与える……というものだ。

「……具体的には、第一から第四小隊長、及び個人技に優れた者、そのほか情報課からも若干名……総勢十五名ほどで構成した部隊を、私の直下に置こうと考えています」

「は……」

なぜ、自分にそんなことを話すのか。怪訝な顔をする善条に、宗像は言った。

「善条さん。人選の参考に、あなたの意見が聞きたい」

そのために、善条は〝顧問〟の名目で日中の稽古に顔を出すよう命じられたわけだが……。

「——つまり、あのおっさんにカッコいいトコ見せれば、エリート部隊に抜擢《ばってき》されるってわけだ。チャンスだな、おい！」

日高が楠原の背を叩くと、

「そんな単純な話でもないと思うけど……まあ、チャンスはチャンス、かもね」

と、榎本が苦笑する。

「……そのチャンスに、僕はカッコ悪いところを見せてしまったわけですが」

しおれた様子で楠原が言うと、日高はその頭を脇に抱え込み、乱暴に振った。

「馬鹿野郎、ああいうガッツこそが評価されンだよ！　おまえ伸びしろあるって！　自信持て、自信！」

「あっ、ありがとうございます！　でもイタタタ、こぶ叩かないで！　こぶ叩かないでくださいよ！」

†

〝脳震盪で置いてきぼり〟の一件はさすがに応《こた》えたが、その晩には、楠原は竹刀を抱えてのこのこと道場に向かっていた。日高のフォローを真に受けたわけではないが、意外と自分は精神的にタフなのかもしれない、と思う。

運がよければ、稽古中の善条に会えるだろう。昼間はついぼんやりしてしまったが、ちゃんと聞けば、なにかしら助言がもらえるかもしれない。なにもなければ、素振りのひとつもするだけだ。

夜の空気の中に、道場の建物がぼんやりと見えた。いつかのように、暗く、ひっそりと静まりかえり、恐ろしい気配がする。

――あ……いるな、善条さん。

楠原はそのまま歩を進める。いきなり乗り込んで斬りつけられないように、ある程度近づいたら、声を掛けるつもりだ。

と――

南棟から伸びる渡り廊下に、着流し姿の人物が見えた。宗像室長だ。

道場からはまだ姿も見えないだろうに、宗像の足音か、それとももっと微妙な気配に反応したものか、道場から発する気配が、なにか尖《とが》ったものに変質した。

楠原はあわてて道を逸れた。足音を忍ばせながら、時間を掛けて道場の裏に回り、窓から中を覗く。

道場の中央の辺りに、善条がいた。正座をする佇まいは、日中の稽古の時と変わらないはずだが、傍らに置いた太刀のせいか、ひどく張り詰めた感じがする。

そして、楠原から見て、道場の空間を横切った反対側。開け放たれた大窓の段差に、宗像が腰掛けていた。善条や楠原には背を向けている形になる。

先日の夜ほど険悪な雰囲気ではないが、打ち解けているとも言い難い。声を掛けていいものか、楠原が躊躇《ちゅうちょ》していると、

「……どうでしたか、昼間の稽古は」

中庭に目をやりながら、宗像が言った。

「いや……熱気に当てられました」

道場の奥を向いたまま、善条が答える。

「ふ……まるで年寄りのようなことを言いますね」

「年寄りです」

「……まあ、そういうことにしておきましょうか」

「は……」

悠々と、独り言《ひとりごと》のように呟く宗像に対し、善条の口調はあくまで硬い。端然と座したその肉体が、次の瞬間にも弾けるように動き、宗像の背に斬りつけそうに見える。見ているだけで息が詰まりそうなその気迫を、宗像がゆるやかに受け流しているさまが、かえって異様だ。

「お願いしておいたこと、お聞かせ願えますか」

——あ、これって……。

例の〝人選〟の話だ。

楠原はひとつ、深く息をつくと、耳を澄ました。

「まずは……淡島君。彼女はどうですか」

数拍の、ためらうような間ののち、

「……私見ですが」

そう前置きをして、善条は言った。

「背筋の伸びた、よい剣です。隊の手本となるにふさわしい」

「ふむ」

宗像がわずかにうなずいた。表情は、ここからは見えない。

「では、その下の隊長たち……たとえば、秋山」

「彼も強いです。淡島に次いでバランスがいい。要所に置けば頼もしいかと」

「弁財」

「ややおとなしいが、手堅い。押さえに使うのがいいでしょう」

「加茂」

「こちらは少々出が強い。先走らないように気をつけてやる必要がありますが、ここ一番では役に立ちます」

「道明寺」

「癖が強いですが、あまり抑えつけないほうが活きるかもしれません」

「……なるほど」

宗像が再びうなずき、

「ほかに、これといった者は？」

「日高、五島、布施、榎本……変わり者を道明寺の隊に集めてあるのは、意図的な配置ですか」

「意図とは？」

「つまり、愚連隊《ぐれんたい》的な……」

宗像がわずかに息を洩らした。笑ったようだ。

「まあ、オモチャ箱といったところです。なにか問題が？」

「いえ……皆、いま少し本気になるとよいですが、これからでしょう」

善条はその後も、何名かの名前を挙げ、寸評を加えた。

そして、

「……彼はどうですか」

宗像が、不意に言った。

「彼……？」

善条はわずかに首を傾げ、

「ああ、楠原剛ですか」

——!?

思いがけず自分の名を耳にし、楠原は息を呑んだ。

途端に大きくなった心臓の音が、何回聞こえたろうか。

やや長い間を置いて、

「……面白いですな」

と、善条は言った。

「面白い、ですか」

「面白いです」

「……ふ」

宗像が肩を揺らして笑い、そして、突然振り返った。

「……だ、そうですよ。楠原君」

「え……あッ」

楠原は覗き見の姿勢から、背筋を伸ばして敬礼した。

「おッ、恐れ入ります！」

二秒か三秒、間の抜けた空気が流れ、

「おや」

宗像の視線の先に、善条の姿があった。見れば、相変わらず道場の奥を向いたままだが、肩の力を抜き、右手であごをさすっている。

「これは珍しい……鬼が笑っている」

「鬼ではありません。泣きも笑いもします」

「……ではいつか、泣くところも見てみたいものですね」

善条の手の動きが止まった。表情は読めない。

「失敬。冗談です……ご意見ありがとう。参考にします」

そう言って、宗像が立ち上がった。ふたりに軽く手を振り、そのまま歩いていく。

雪駄《せった》の足音が遠ざかっていくと、やがて、善条も太刀を手に取り、立ち上がった。

「私も上がろう」

楠原に向かってわずかに笑い、

「いささか気疲れした……あの人と話すと、どうも緊張する」

「あ、はい。あの……おつかれさまでした」

「戸締まりを、頼む」

昇降口の脇に掛けてある鍵を指し、善条は道場を出て行った。

それから――

ひとり残された楠原は、道場の中心に立って剣術の型と素振りを始めたが、どうにも身が入らない。

しばらくの間、もやもやとした気分で竹刀を振り、それからふと気がついた。

――「面白い」って、どういう意味ですか？

と、聞くのを忘れていた。

†

組織改編は、それからほどなく、五月一日をもって施行された。

庁舎のホールに集められた撃剣機動課の隊員、そのひとりひとりに、《セプター4》副長・淡島世理から辞令書が手渡される。

「秋山氷杜《ひもり》」

「はッ」

「本日をもって、撃剣機動課特務隊勤務を命ずる」

「はッ」

辞令書を受け取り一礼した秋山は、きびすを返し、第一小隊の隊列に戻った。ただし、この式が終わりしだい、彼は第一小隊を離れ、新部隊〝特務隊〟の所属となる。

「次、弁財酉次郎《ゆうじろう》」

「はッ」

秋山と入れ替わりに、第二小隊の先頭から、弁財が歩み出た。

「同じく、特務隊勤務を命ずる」

「はッ」

「次、加茂劉芳《りゅうほう》――」

――まず四名の小隊長、すなわち秋山、弁財、加茂、道明寺が、さらに、各小隊の中から数名ずつが、名前を読み上げられ、特務隊への選抜を告げられた。その中には、第四小隊の日高、五島、布施、榎本の四名も含まれている。

そして、各小隊には、居残りの隊員の中から、一名の隊長と四名の班長が、新たに任名された。

総合して、半数弱の隊員に身分の変化が生じ、残り半数は現状維持ということになる。

そして、最後に――

「楠原剛」

「え？　……はッ!?」

まさか自分には関係のないことと考えていたが、思わぬ時に名前を呼ばれ、楠原はあわてて隊列の前に飛び出した。

目の前で気をつけの姿勢を取った楠原に向かい、淡島は軽くうなずくと、辞令を読み上げた。

「本日をもって、庶務課資料室勤務を命ずる」

†

〝庶務課資料室〟――

――……って、善条さんのところだよな。

――なんで、自分が？

――あそこでなにをしろって？

列に戻って姿勢を正したまま、楠原の頭はぐるぐると思考を巡らせていた。

「――以上。これより各員、新たな所属ごとに集合し、今後のことについて話し合うように。では、この場は解散」

と、場を締める淡島の言葉も、ほとんど耳に入っていない。

その時、

「待った待ったあ！」

いきなり日高に二の腕をつかまれ、強く引かれた。

「え、ちょ、ちょ……⁉」

うろたえる楠原の頭を脇に抱え込みながら、日高は乱暴に歩を進め、そして、楠原の手から引ったくった辞令書を、淡島の前のテーブルに叩きつける。

「こいつはいったいどういうことっスか！」

その剣幕に、解散しかけた撃剣隊員たちが足を止め、振り返った。

「……どう、とは？」

淡島は眉をひそめながら、首を傾げた。知人や隊員たちに〝氷の仮面〟と揶揄《やゆ》される、硬く冷たい表情だ。

だが、今日ばかりは、日高は一歩も引かない。

「だから！　なんでこいつだけ他所《よそ》に飛ばされるんスか！　いわゆる左遷とか降格ってやつでしょ、これは！」

「なぜ、そう思う」

「なぜって……！」

日高は口籠もった。勢いでしゃべるタイプだけに、質問を返されるのは苦手だ。

「……そりゃあ、このところ、こいつヘマが多かったし……こないだも、道場で倒れて出動できなかったし……」

視線を逸らしながら、しどろもどろに言う。

「でも、そんなことくらいで……！」

淡島が、静かにため息をついた。

「日高隊員。混乱しているようなので、私から状況を説明します」

落ち着いた、やや丁寧な口調だ。怒っている様子はない。

「まず第一に、この度《たび》の再編制は、組織全隊の業務の効率化のために行なわれるものであり、隊員同士の順位づけや、まして個人的な懲罰を目的とするものではありません」

「……う」

ゆっくりと、諭《さと》すように淡島が言うと、日高は再び黙り込んだ。

「第二に、楠原隊員は、他の隊員と同様、宗像室長が直々にその才能を見出し、登用した人物です。今回の配属も、室長の構想する最適な人材配置の一環と考えるべきです」

「……はあ、しかし……」

「第三に——」

淡島の表情が、わずかに変わった。〝仮面〟の外れた、やや物思わしげなありさまだ。

「楠原隊員の処遇については、私も今ひとつ理解しかねている部分があります」

「じゃあ……！」

日高が身を乗り出すが、淡島は再び表情を引き締め、とりつく島もなく言う。

「……が、しかし。この件はすべて室長の計画によるものです。我々が口を挟むべきことではありません。公式な説明は以上」

そして、駄目押しとばかりに、日高の目を見据えながら言う。

「どうしてもというのなら、私的な場で、室長に直接質問してみてもいいでしょう」

「うぇ……ッ!?」

日高は一瞬息を詰まらせると、目を逸らしながら言った。

「……そんなこと、できるわけないじゃないスか」

「では、この話はここまで」

「うう……」

力み返って硬直する日高の背後で、

「がんばった！　日高よくがんばったよ。あの怖い淡島さん相手に」

「室長はもっと怖いけどな」

「いや、それはしょうがない、しょうがない」

元第四小隊の面々がささやき合ったが、淡島がちらりと視線を上げると、一斉に口をつぐみ、背筋を正した。

淡島は呆《あき》れたように息をつき、今度は楠原に向き直った。

「楠原隊員。あなたからは、なにか意見などありますか？」

「いえ、特にありません」

楠原が背筋を正して答えると、淡島はうなずいた。

「では、少々呑み込みにくい状況とは思いますが、新部署においても、自分の務めをしっかりと果たしてください」

「はい……ですが、あの」

「なんですか」

首を傾げる淡島に、楠原は言った。

「そのあたりの事情……僕が室長に、直接聞いてみてもいいんでしょうか」

「うぉい!? おまえ、なに言ってンだよ!?」

日高が、楠原の背中を叩いた。

その背後で、

「恐れを知らん奴だな」

「ひょっとして、反抗期……ですかね。ふふ」

「なんだそりゃ」

布施と五島がひそひそと話しだし、

「しッ、また怒られるよ」

あわてて榎本が止めた。

一方、楠原の目の前の淡島は、

「え……ああ、うん」

呆気《あっけ》に取られた顔で、生返事をした。

「では、そのように……」

†

「自分で聞いてみます」と淡島副長に言ったのは、なにも、ただ混ぜ返すためではない。〃確信〃……というほどではないが、漠然としたあてのようなものはあった。

その夜の、道場。

——ひょっとして、今日も……。

と思い、足を運んでみると、やはり、いた。

善条隊員と、宗像室長。例によって目も合わせずに、奇妙な緊張感を保ちながら、それぞれの位置に座っている。なにか話をするわけでもなく、かと言って「共にいるだけで充分」というような、打ち解けた空気でもない。それでも、毎夜のように道場に通っては、この緊迫した状況を作っているのだから、

——なんだか分からないけど、どっちも熱心だなあ……。

そんなことを、ぼんやりと考えながら近づいていくと、

「おや、楠原くん」

例によってだいぶ遠くから、宗像室長に呼び掛けられた。むしろ、この人は最初から自分のことなどはずっと把握していて、声が届く距離まで待っていたのかもしれない。

そして――

「ふふ……日高君が、そんなことを言っていましたか……熱血漢ですね、彼は」

楠原が昼間のことを話すと、宗像は含み笑いを漏らした。

話を聞いているであろう善条は、先日と同様、横を向いたまま、じっと黙っている。

「それで、楠原君。きみの〝質問〟は？」

「え？」

「〝不当な人事〟の理由について、私に問《と》い質《ただ》しに来たのでしょう？」

「いえ、不当だなんて……もし、左遷とか、そういうことだとしても、仕方ないと思います。僕は隊の先輩たちに迷惑ばっかり掛けてますし――」

「ふむ」

宗像は否定も肯定もせず、あいまいな相づちを打っていたが、

「でも、それが理由では、ありませんよね」

「……ほう」

わずかに興味を引かれた様子で、宗像が楠原の顔を見た。

「室長は、あの資料室を……いえ、善条さんのことを、すごく気にかけていらっしゃるみたいですし……そこに僕を入れることには、なにか特別な意味があるんじゃないか……と、思うんですが」

「……ふむ」

宗像は再びあいまいにうなずくと、不意に善条を振り返った。

「善条さん、楠原君はこう言っていますが……あなたもそう思われますか？」

善条は答えない。正座の姿勢を崩さず、数メートル先の床を、ただ険しい顔をしてにらんでいる。

「おや……『貴様、なにを企《たくら》んでいる』。そういう顔ですね」

宗像は薄い笑みを浮かべた。

「怖い、怖い。取って喰われそうだ」

挑発めいた口調に、やがて、善条が重い口を開いた。

「……いえ、企《い》みなどとは……ただ、あなたの意図を測りかねています」

やはり、視線は動かさない。道場の床をにらみ倒そうという姿勢だ。

「……少なくとも自分には、前途ある若者を閑職《かんしょく》に追いやってよいと考える理由は、ありません」

「もちろん、そんなつもりはありませんよ」

さらりと、宗像が言う。

「前途ある若者はもちろん、歴戦の古強者《ふるつわもの》にも、その力を然《しか》るべき場所で発揮していただきたい。私はそう考えています」

善条が、わずかに身じろぎした。

「ふふ……『これは藪蛇《やぶへび》だった』。そういう顔ですね、善条さん」

宗像の笑みが大きくなる。

「旧資料室勤務は、新体制の《セプター4》に慣れるまでの間つなぎの立場。そういう約束になっていたはずですが……あなたはよほど、あの薄暗い場所が気に入られたようだ」

宗像は一旦言葉を切り、善条の反応を待った。しかし、善条は応えない。

「善条さん、あなたもご存じのように、《セプター4》は非公式の組織ではありますが、その存在意義はきわめて公的なものです。社会的な規範はもとより物理法則にさえ従わない異能の輩《やから》を、管理し統制する……我々の働きがなければ、この国は体制の維持すら危うい」

やはり、善条は無言。宗像はさらに言葉を重ねる。

「……と、同時に。私は今の《セプター4》を、私のもの、いえ、私そのものと考えています。《セプター4》の持つ情報、権限、設備、そして人員のひとりひとりに至るまで、すべてが私の意志の下に動く、ひとつのシステムであるべきだ、と」

善条はわずかに眉をひそめた。その目に表れているのは、宗像の不敵なまでの自信に対する驚きか、はたまた、その独善に対する不審か。

「そして……システムの中のブラックボックス、私の一部でありながら私の意に沿わない部分。それがあなただ、善条さん」

「は……申し訳ありません」

「しかし、だからと言って切り捨てるのは惜しい。あなたが持つ〝鬼の牙〟……どうあっても、《セプター4》のために役立てていただきます」

宗像の言葉に、善条は顔も向けずに応える。

「とんだ買い被りです」

「あなたこそ、謙遜が過ぎるというものです。いや、あるいは韜晦《とうかい》と言うべきですか」

宗像は挑発めいた口調で言うが、善条は無反応だ。

「とは言え、無理に従わせるというわけにもいかない。牙を抜き、飼い慣らしてしまったら、それはもはや鬼ではない。ふふ……これは困りました」

さも楽しそうに笑っていた宗像が、不意に楠原に向き直った。

「楠原君。どうですか、この状況は」

「えっ？」

思わず背筋を正す楠原に、宗像は言った。

「私は困っている。善条さんも困っている。君にも、君自身の悩みがあるでしょう。つまり、今ここにいる全員が、それぞれに困っている」

「はあ、それは……はい、困りました」

宗像はくすりと笑い、

「だがそこにこそ、三者三様の利害を一致させる余地が生じる。持ちつ持たれつ、ということです」

「はあ」

楠原はわけも分からず、あいまいに応えた。善条も怪訝な顔をしている。

「ああ、どうも話が回りくどかったようです。では、単刀直入に言いましょう」

宗像はまっすぐ善条に向き直った。

「善条さん、私の、《セプター4》に、鬼の血を残していただきたい」

「血……？」

楠原が首を傾げ、善条も眉をひそめる。

「……仰《おっしゃ》る意味が、分かりかねます」

そうした反応も予想のうちなのだろう。宗像は平然と言った。

「つまり、あなた自身があくまでも実戦部隊への参加を拒むのなら、その代わりに、この楠原隊員に、あなたの持つ技術を伝えてほしい……ということです」

「いや……私には〝技術〟というほどのものはありません」

「もちろん、あなたの技は、生徒を並べて一律に教えられる類のものではないでしょう」

宗像はあっさりと言った。

「そこで、楠原君の出番です」

「はい？」

「楠原隊員には、これより当分の間、善条隊員と行動を共にし、その技術を能《あた》う限り盗んでもらいます。まあ、特別研修といったところですね」

「え、あの……」

楠原は状況を確認するように周囲を見回し、そして、再び宗像に向き直った。

「……僕に、善条さんみたいになれ……と？」

宗像は小さく笑い、

「そこまで言うつもりはありません。しかし、なにがしかの要素を受け継いでもらえれば、と思います。……そう、私の《セプター4》において、私の思惑をも超えた働きをする、なんらかの要素を」

そして、楠原と共に、善条に目をやった。

「試してみる価値はあると思いますが……どうでしょう、善条さん」

「楠原隊員を、私の身代わりにせよ……と」

善条が渋い顔をすると、宗像はさらに楽しげに笑った。

「ふふ……気が進まないでしょう。あなたは自分の嫌う仕事を若い者に押しつけて、安穏《あんのん》としていられる人ではありませんからね。私が頼んだところで、首を縦に振ってはくれないでしょう……しかし、私だけでなく、当事者がそれを望んだら？」

宗像は楠原をちらりと見た。

「どうです、楠原君。善条剛毅直々の指導を受けられる機会など、そうそうありませんよ」

「は……」

視線を斜め上に向けながら、楠原は想像してみた。善条の鬼気迫る佇まい、そして、気迫だけで敵を真っ二つにしてしまいそうな、凄まじい抜刀――

今、自分はなにか、宗像室長の思惑のだしにされている。それは分かる。

だが、その状況によって、善条隊員の力の一端なりにとも、触れることができるのであれば――

「あの……善条さん」

楠原は背筋を正し、善条に向かってはっきりと言った。

「……僕からも、お願いします」

そして、そのまま善条の返事を待つ……が、善条は答えない。まず楠原、そして宗像に目をやると、のっそりと立ち上がって、昇降口に向かった。

「あ……」

善条の背を見送る楠原の横で、宗像が笑った。

「ふふ……通りましたよ、楠原君」

「え……？」

「私が頼んだのでは、こうはいかなかった。さすがですね、きみは」

「え……はあ」

善条の消えた昇降口と、傍らで笑う宗像を交互に見ながら、楠原は言った。

「あの……僕が、どう〝さすが〟なんですか」

「さあ、それは……」

宗像は眼鏡に手を添えながら、含み笑いをする。

「……可愛げ、ですかね」

「……はあ」

間の抜けた返事をしながら、楠原は頭を掻いた。

第三章

剣鬼の弟子

——この男に出会うために、自分は生まれてきたのだ。

《王》の下に集う者の多くがそうであるように、かつて《青の王》に遭った時、善条はそう思った。

羽張迅《はばりじん》。

対能力者組織《セプター4》を率い、市民の安寧《あんねい》を守る《青の王》。

その行動には迷いも誤りもなく、常に迅速かつ的確だった。

その人格もまた、高潔にして率直。すらりと天を突く、ひと振りの剣のような男だった。

それゆえに、自分もまた、もうひと振りの剣として、その傍らにあればよいのだ、と善条は思った。

「俺は運がいい」

いつか、羽張に向かってそう言ったことがある。

「この世にあって、自分のなすべきことをはっきりと知ることは難しいが……俺はただ、おまえを守ればいい。実に分かりやすい」

すると、

「違うぞ、善条」

羽張が言った。

「おまえが守るべきものは、俺などではない」

「うん？　じゃあ、なんだ」

善条が聞き返すと、夏の雲を見上げながら、羽張は答えた。

「俺たちの、正義だ」

「うん……？」

少し考えて、善条は言った。

「俺にとっては同じことだ。俺の正義とは、つまり、おまえだ」

「いいや、違う」

「よく分からんな」

「頭で分かろうとしなくていい」

「なんだ、俺が馬鹿だと言いたいのか」

「もちろん、利口だとは思わんが」

善条は口が立たず、羽張も言葉を飾るタイプではない。ふたりの会話は「まるで禅問答だな」と、他の隊員によく笑われた。

「頭でも、言葉でもない。俺はおまえの腕を信用している、ということさ」

羽張が善条を振り返った。

「おまえができることも、すべきことも、ひとつしかないだろう」

「……それはつまり、これだな」

腰に帯びた太刀の柄《つか》を、善条が叩く。羽張はうなずき、

「そのただひとつのこと、それをすべき時を決して誤らない。それが善条剛毅という男だ」

「……そうか」

善条は腰の太刀を、羽張の顔を、そして、空の雲を見た。剣を通じて、自分の運命が、なにか大きなものにつながっている気がした。

「じゃあ、そうなんだろう」

善条は納得した。

すべてが単純で、明瞭で、そして輝いていた。

そして——

「——そうだ。それでいい」

そう言って笑うまぶしい表情だけが、今も記憶に残っている。

笑みひとつをこの胸に焼きつけ、羽張迅は——《青の王》は、この世から消えた。

一九九×年、七月。

《赤の王》迦具都玄示《かぐつげんじ》の《ダモクレスの剣》が暴走、破綻《はたん》。それに伴って、関東南部を中心とする直径約百キロの地域が完全に壊滅。七十万の一般市民と共に、《青の王》羽張迅と配下の《セプター4》が、破壊的なエネルギーの奔流に巻き込まれた。

記録史上最大の王権暴発事例《ダモクレス・ダウン》、〝迦具都事件〟。

この日より、この国の形を表す地図の一角には、大地をえぐり取ったような跡が残った。

それはまた、善条の胸に空いた穴であるかもしれない。

片腕を失い、胸に空虚を抱えながら、善条は生き残った。

その後、赤と青、ふたりの《王》が同時に失われた世界で、特異能力者の暴走事件は増加を続けた。対能力者組織《セプター4》は、中核を失ったまま存続した。

だが――

善条は《セプター4》を離脱し、ひとり隠遁《いんとん》生活に入った。

――「おまえが守るべきものは、俺たちの正義だ」。

羽張迅の遺言《ゆいごん》に従うことには、なんの迷いもない。しかし、続々と発生する能力者を発見し狩り出すことが、その〝正義〟に当たるとは、思わない。《セプター4》の中には彼の求める正義はなく、また、仕えるべき主もいなかった。

もはや抜き放たれることもなく、鞘の中で朽ちていく刃。それが自分なのだと思った。

そして、十年あまりの時が経ち、チャイムが鳴った。

ひとり住まいのアパートのドアを開け、善条は思わず息を呑んだ。

目の前に、在りし日の姿そのままに、羽張が立っていた。

いや——違う。その男は羽張ではない。よく見れば、さほど似ているとすら言えないかもしれない。しかし、なにか明らかに通底するものがあった。

男は、青い制服の腰に剣を帯びていた。二十歳をいくつも超えていないであろうに、歴戦の戦士である善条を見上げる目差《まなざ》しには、臆するところは欠片《かけら》もなかった。単なる不敵さを超えた、不可思議なまでの自信。自分の運命に対し、なんらかの確信を持っているようだった。

「善条剛毅さんですね」

呆然《ぼうぜん》と立ちつくす善条に向かって、男は名乗った。

「はじめまして、宗像礼司と申します」

「どうぞ……中へ」

十余年の隠棲《いんせい》で人嫌いが高じていたが、その男、宗像には、無視できない存在感があった。招かれた宗像もまた、初対面の、異相の巨漢の住まいに、平然と踏み込んでいく。

善条が茶を用意すると、畳敷きの床に正座をする形で、ふたりは向き合った。

「突然お邪魔してしまい、申しわけありません」

そう言って会釈をする宗像を、

「いや……」

右手を挙げて、善条が止めた。

電話や通信回線は引いておらず、移動通信端末の類も持ってはいない。連絡は、政府の連絡員が監視を兼ねて行なうのみだ。だが、その連絡員に面会を言《こと》づけたとしても、善条はそれを拒否していただろう。宗像が善条に会うためには、この場を直接訪れるしかなかったと言える。

「きみの……その、制服は？」

善条が問うと、

「まだ、体に馴染《なじ》んでいませんが——」

自らの青い制服の襟元に触れ、宗像はわずかに笑った。

「《セプター4》のものです。若干意匠《いしょう》を変えました」

善条の表情がわずかに動き、宗像がうなずいた。

「《セプター4》の組織は——その立場と権限は、私が引き継ぎました。まずは、そのご挨拶に」

「……すると」

「私が、現在の《青の王》です」

——やはり。

比類なき力をもって能力者を統率する、異能の《王》たち。

それは組織内部の選挙で選ばれるものでもなければ、より上位の人物に任命されるものでもない。彼らはある日突然に、〝石盤〟なる存在に「喚《よ》ばれる」のだという。

かつて羽張迅がそうであったように、宗像礼司もまた突然の覚醒を経て、《青の王》となり、《セプター4》を掌握したのだ。

「隊員たちは？」

十年もの間、《王》なき異能集団《クラン》として活動を続けてきた《セプター4》だが、先年、ある事件をきっかけに活動を休止、現在は解散状態にあるという。

善条の疑問に対し、宗像は平然と答えた。

「新生した《セプター4》の構成員は、すべて私が選抜しています」

「は……そうですか」

かつての同朋《どうぼう》たちを無用とする、その処遇に思うところがないと言えば嘘《うそ》になる。

しかし同時に、

――それでよいのだろう。

とも思う。

異能の《王》の務めとは、配下の顔色を窺うことではない。自ら先頭に立ち、余人には成し得ぬ大業を達成することだ。

新たな《青の王》は、望むままに新しい組織を作り上げ、自らの業《わざ》を為《な》していくのだろう。自分のような現場から降りた人間に、そこに口を挟む資格はない。今はただ、旧組織の人間である自分に一応の筋を通しに来た、宗像のその行動に、自らの礼をもって応えるだけだ。

「……そうですか」

もう一度善条は言い、深く一礼した。

「新たな《セプター4》の発展を、陰ながらお祈りいたします」

口に出してみると、自分の中で、なにか、ひとつの区切りがつこうとしていると感じた。あの世にいる羽張迅が、目の前の青年の姿を取って、自分に「もう休め」と告げに来た——馬鹿馬鹿しい想像だが、そんなふうにさえ思えた。

だが、

「ああ、そんなご挨拶はけっこうです——私は、あなたを迎えに来たのですから」

そう言って、宗像が微笑んだ。

その笑みを見た時、

「……！」

善条の全身が緊張した。電撃のような直感があった。

——違う。

目の前の男には確かに、なにか羽張迅に通じるものがある。それは《王》というものの資質なのかもしれない。

それは間違いない。だが――

――だがこの男は、羽張迅とは明らかに違う。

「ふふ、凄まじい気迫ですね……ますます手に入れたくなりますよ。《青の王》羽張迅の懐刀《ふところがたな》と呼ばれた最強の剣士……〝鬼の善条〟」

殺気立つ善条の様子を見てなお、宗像は怯《ひる》むことなく、さらに笑みを濃くする。

相手の心の底を見透かしながら、自らの真意を明らかにすることはない、底知れぬ深い笑みだ。

善条の右手が、無意識に太刀の柄を探った。久しく身に帯びることのなかった剣を、全身が欲していた。

――「守るべきものは、俺たちの正義」。

十年の間に、その言葉は善条の信念、いや、存在そのものとなっていた。その想いに、迷いはない。

――だが、この男は――

宗像礼司という男は、独自の手段をもって正義を為す《王》なのか。

あるいは、もっと違う、なにか得体の知れない存在なのか。

それを、見極めねばならなくなった。

羽張迅と、おのれ自身の正義を守り抜くために。

†

「——善条さん、善条さん」

「ん……ああ」

肩を揺すられて、目が覚めた。デスクに着いたまま、うたた寝をしていたようだ。

周囲は薄暗く、資料のロッカーの向こう、廊下側の窓から西日が差し込んでいる。

壁に掛かった時計を見ると、定時を十五分ほど過ぎていた。

「起こしてしまってすみません。なにか、うなされていたようなので……」

「うん」

楠原に生返事で答え、善条は目頭を揉んだ。

「……昔の夢を、見ていたようだ」

このところ、緊張感がゆるんでいるのか、昼寝が多くなった。

そんな善条を咎めるでもなく、

「あの……日報、確認していただけますか」

楠原は開いたノートパソコンを差し出してきた。庶務に掛け合って調達してきたというものだ。立ち会った榎本の言《げん》によれば「二、三年前のマシンだけど、ここの機械よりはよほど高性能」とのことで、件《くだん》の古いパソコンは、ここしばらく起動すらしていない。

楠原の日報は善条の書くものよりだいぶ詳細で、日中にした掃除や資料整理などが、項目ごとの手順や所感と共に記されていた。善条がなにを指示したわけでもないが、自分で仕事を見つけて処理した上で、「古い資料を重要なものから電子化して、サーバーに上げていく」などといった提案もなされている。

最後の行に「善条、未確認」という記載があり、善条はここから「未」の文字を消して「善条、確認」とした。当初は日報の確認印の代わりに「確認しました。善条」と善条が書き込むことにしていたのだが、その一行を善条が書くのに結構な手間が掛かるため、楠原が気を利かせて「一文字消去」の段取りにしたのだ。

最初のうち、善条は楠原のことを、子供じみた、どこかぼんやりした青年だと思っていたが、行動を共にしてみると、万事に今どきの若者らしい機転と気さくさを感じられた。自分などよりよほど気が利いている、と思う。

「おつかれさま。もう上がってもらって構わないが……」

ノートパソコンを楠原に返しながら、善条は形式的に言った。

だが楠原は、愛嬌《あいきょう》のある笑みを浮かべながら答える。

「いえ、これからが本番です」

例の人事異動から、一週間が過ぎていた。

辞令交付の日の夜、宗像礼司から楠原に、直々に与えられた指示は、「善条隊員に常時随伴し、その一挙手一投足を観察せよ」というものだった。日中の勤務のみならず、夜稽古から日常の立ち居振る舞いまで、すべてを目に焼きつけ、おのれの経験とせよ——と。

善条からすれば、隠遁時代に政府からつけられたものと同様の、いや、さらに遠慮のない〝監視〟だが、屈託のない楠原の笑みは、拒絶の意志をすり抜けてふところに滑り込んでくる。

まだ寝起きの気分が抜けず、ぼうっとする善条の顔を、楠原は尊敬と興味に満ちた目で見つめている。まるで、主人の傍らで命令を待つ犬のようだ。

自分は主人という柄ではない。気恥ずかしさを覚え、善条は目を逸らした。

「……夕食の準備をしようか」

「はい」

キッチンでの仕事は、何度か試しているうちに、自然と楠原を中心に動くようになっていた。食材の袋を開ける、布巾を絞るなど、片腕ではやりにくい仕事が多いからだ。十年来の片腕の生活に慣れていた善条だが、楠原の振る舞いを見ていると、自分はずいぶんと不自由をしていたのだな、と気づかされる。

一方の楠原も、善条の手元の包丁の押し方、引き方、その他の調理器具の捌き方などに関心を持っているようだった。

「なにか、こう……オタマにスナップを利かせて、ゆるん、と動かしたり、とか……」

「ゆるん……？」

「すいません、上手《うま》く言えませんが……参考になります」

そんな会話をしていると、

「ちわーっす！」

グラウンド側の窓から、大きな声が呼び掛けてきた。

「蕎麦喰いに来ましたあ！」

日高、榎本、布施に五島。元第四小隊、現特務隊の四人組は、しばしばこの旧資料室に顔を出していた。訓練のローテーションや緊急出動の都合もあるようだが、先週から三度目の訪問になる。

日高が倉庫から持ち出してきたという会議用のテーブルと折りたたみ椅子、それに、各々の持ち寄ってきた食器を使い、旧資料室前は食堂のようなありさまになった。

「楠原ぁ！　もっとじゃんじゃんゆでてこいよ！　自分の喰う分は持ってきてんだ、俺」

日高がコンビニで買ってきた乾麺を持ち出すと、

「うわ、そりゃかえって図々《ずうずう》しいな」

と布施が笑い、

「んふふ、僕はね……」

五島がビニール袋からプラスティックのパックを取り出す。

「食堂で掻き揚げ買ってきました」

「お、やるな五島《ゴッティー》」

「いや、そこまでするなら……食堂で蕎麦を食べるという選択肢はないのかい」

「なんだよ、堅《かて》えなエノ」

「すみません、いつも騒がしくして……」

押さえ役の榎本が善条に頭を下げると、

「いや……にぎやかでけっこう」

と、善条は答える。

日高が仲間たちを引き連れて訪ねてくるのも、現場から縁遠くならないように……という配慮だろう。皆、内心で楠原の進退を案じている。

その日高が、現場の様子について、楠原に話していた。

曰《いわ》く、週に二度のペースで緊急出動がかかり、気の休まる暇もないと——

「要は、まだまだ人手が足んねーんだ！　おめーも早くこっちに来いよ！」

蕎麦のつゆを飛ばしながら言う日高に、

「はあ、そうしたいのは山々ですが」

と頭を掻く楠原。

そこに、

「んふふ、そんな謙遜して……アレっしょ、楠原君、タッジンに稽古つけてもらって、バーンとレベルアップする予定なんでしょ」

「特訓コースだもんなあ」

と、五島、布施も声を掛け、さらに日高が威勢良く言う。

「それだけ期待されてるってこった！」

「でも……」

榎本が、首をひねりながら言う。

「達成条件って言うか……具体的には、なにをどうすれば『レベルアップした』ってことになるのかな」

「そりゃおまえ……」

と、日高。

「なんか、ひと通りやったら〝免許皆伝〟とかになんだろ。ねえ、善条さん？」

「ん……」

善条がどちらともつかない声を漏らし、

「あの、それなんですが……」

代わって楠原が答えた。

「宗像室長には、『淡島副長から一本取ったら合格』……って、言われてます」

「うぇぇッ……!?」

大騒ぎをしていた四人が、ぱたりと静まりかえった。

「あー、それは……」

「ちょっと難しい……かな」

と榎本、五島が言い、

「おまえ、室長にいじめられてるんじゃねえの？」

布施がしれっと言う。

「え……さあ」

楠原も言葉を濁した。

灯の消えたようになった食卓に、ずず……と、善条が蕎麦をすする音だけが響いた。

†

事実、〝淡島の壁〟は厚かった。

その週の合同稽古でも――

「副長！　一本お願いします！」

「よし、来い」

楠原の呼び掛けに淡島が応えると、隊員たちの注意が一斉に向いた。

宗像室長が楠原隊員に与えたという〝課題〟については、すでに全員に知れわたっていた。日高らが漏らしたうわさ話に加え、おそらく淡島は宗像直々に言いつけられている。

隊員たちが輪になって囲む中、

「行きます！　やあッ――」

スパァン！

踏み出し掛けた楠原の額に、先日と同様、淡島の面打ちが見事に決まった。

脳震盪こそ起こさなかったものの、その日は脇に下がって休むことになった。

その次の週の合同稽古でも――

「行きます！　や――」

パァン！

「いたた……」

楠原は頭をさすった。

「あちゃー」

「駄目だぁー」

周囲を囲む隊員たちから失笑が漏れる中、淡島がふと首を傾げ、自分の竹刀を見る。

「……どうしました、副長？」

榎本が聞くと、

「いや……打ち込みの芯が、ずれた」

一回、二回。軽い素振りをすると、淡島は再び首を傾げた。

そして、さらに次の週――

「副長！」

楠原が声を掛けると、即座に周囲から失笑が漏れたが、

「おい、笑うなよ！」

日高が声高に言うと、それも静まった。

「よし、来い」

構える淡島は、笑いも怒りもしない。筋の通った立ち姿と同様、ぶれのない平静な表情だ。

「行きます！　や――」

「む……！」

踏み込む楠原に対し、面打ちのために振りかぶった淡島が、瞬間、竹刀を翻《ひるがえ》し、抜き胴

を決めた。

「ごほ……！」

横一閃《いっせん》に腹を打たれた楠原が、その場にうずくまる。

その様子を、どこか腑に落ちない表情で見下ろしていた淡島が、善条を振り返った。善条は無言のまま、わずかにうなずく。

「副長、楠原は？」

布施に声を掛けられた淡島は、はっと我に返った。

「隅に運んでやれ」

「うっす！」

駆けだしてきた日高が、楠原に肩を貸しながら、

「おまえ、全然駄目だなあ！」

と言った。

†

その夜、日課の夜稽古に遅れて行くと、道場にはすでに善条と宗像がいた。

いつものように、道場の奥に善条、窓の際に宗像が、目も合わせずに座っていたが、楠

原が入ると、やや緊張がゆるんだようだ。

楠原が遅れたのは、旧資料室に預かっていた宗像の私物を取りに行っていたからだ。小型のサンドバッグを思わせる、ずっしりとした布袋。その中味は特注品の、一万ピースのジグソーパズルだ。

完成すると畳二枚ほどの面積になるというが、

「執務室では、あまり大きいものを広げられませんのでね」

そういう理由で、昼間は旧資料室に置き、夜に道場に運び込ませている。

楠原はいくつかの、作りかけの塊になったピースを道場の一角に並べ、残りのバラのピースは傍らの床に、山にして置いた。

図案は〝青空〟だ。布袋の中に説明書と共に添付されている完成見本のカラープリントには、青一色の、雲ひとつない快晴の空が写っている。

「準備、できました」

「ありがとう」

ひと通りの支度が済むと、宗像は楠原と場所を替わり、パズルの続きを始めた。

まず、塊になったピースの配置を慎重に調整し、ひとつかみのピースを山から取ると、そのうちのひとつをつまみ、目を細めて観察。そして——おもむろに、床の一点に置く。

たまに、先に置いたピースと組み合わせて、ぱちりとはめ込むことがあるが、大部分は単体のピースとして床に放置される形になる。

つまり……宗像は、すべてのピースを試行錯誤なしに、一発で定位置に置いているのだ。一枚、さらに一枚——目に見えないガイドラインに沿うように、宗像はピースを床に配置していく。

楠原は、特にパズルに詳しいわけではないが、

——こんなやり方する人、ほかにいないよな……。

そう思いながら、床に這《は》う宗像の姿を見ていると、

「なにも不思議なことはありませんよ、楠原君」

作業を続けながら、宗像は言った。

「ピースの縁が平らにカットされていれば、それはパズルの縁に当たるピースです。人の目や鼻の一部が描いてあるならば、それはきっと顔の中にはまるピースでしょう。あるいは文字の一部が描いてあるならば、それは本や看板の一部かもしれない——それ以外にも、ピース自体の大きさ、形、カットのパターン、その配列、表面のインクの乗り、裏面のへこみ具合——情報は無数にあり、さらにはその欠如を論理によって補うこともできる」

「え……」

「部分を見れば、全体もまた見える……そういうことです」

——つまり、この人には、最初から〝完成図〟が見えているんだ。

楠原は、そう思った。

おそらくは、パズルだけではない。《セプター4》の組織の内部や、その他の社会の仕組みや、自分たちがそこに関わることでどんな動きが生じるのかなど……そういったことごとのすべてを、この人は常人には及びもつかないレベルで理解しているのだ。まるで、世界を丸ごと手のひらに載せているみたいに……。

——やっぱり、なんだか怖い人だな。

楠原のその〝恐れ〟は、しかし、宗像の鋭い知性に対する心証ではない。〝完成図〟が分かっていながらなお、パズルに対する興味を失わず、一万のピースを何十時間も掛けて自らの手で並べていく粘り強さ。その〝分かりきった行為〟の実行に楽しみを見出す感性に対するものだ。

——もし、この人を敵に回したら……。

何十年までも先の運命をも一瞬で見透かされ、そこから何十手も掛けて、確実に破滅の淵《ふち》に追い込まれることになるのでは……。

そんな想像をして、楠原が小さく身を震わせた時、

「……私は、そんなに怖いですか」

床から顔も上げずに、宗像が言った。

「え——は、ハイッ⁉」

不意を突かれて、楠原は〝気をつけ〟の姿勢で硬直した。

そして、

「……はい……少し、怖いです」

楠原が言うと、

「正直ですね、きみは」

宗像の声音に、わずかな笑みが混じった。

「自分とは違うタイプの人間に恐れを抱くのは、人として当然の感情です……私も怖いですよ。きみや、善条さんのような人が」

「はあ」

――善条さんは分かるけど、

「……僕も、ですか？」

「ええ。ですから、もっと私を怖がらせてください」

宗像は顔を上げ、目顔で道場の奥を指した。

「え？　あ……はい」

楠原はあわてて宗像の傍らを離れ、善条と宗像の中間ほどに位置を取って、自らの稽古を始めた。

楠原の稽古は、撃剣動作を基本とするものだ。

善条への〝弟子入り〟当初は、善条の抜刀術やその他の戦闘術を伝授されることを期待したが、

「いや……私の剣は、人に習ったものではない。他人に教えることもできない」

そう言って断られた。どうも〝なになに流〟といった、系統だった武術ではなく、ひたすら我流の技を磨いてきたものらしい。

それゆえ、

「きみもまた、きみ自身の剣を鍛錬するべきだろう」

それが、善条の助言だった。

そこで楠原が考えたのが、「撃剣動作を、善条さんのようにやってみよう」ということだった。

楠原はまず、日中に観察していた善条の立ち居振る舞いを思い起こした。

全身の力を爆発させるような凄まじい抜刀ばかりが印象に残るが、善条の普段の動作は、むしろ尖ったところのない、ゆるやかなものだ。大型の肉食獣がしなやかに体重を移動させて歩くように、ひとつの動作が次の動作に、さらにまた次の動作へとつながっていく。

そのように意識しながら撃剣動作を行なうと、その動きは、号令によって区切りのつく歯切れのよいものから、漫然と回転し続ける舞踊のようなものになっていく。公園で老人がやっている太極拳《たいきょくけん》みたいだな、と思う。

しばらくそうしてみて、分かったことがあった。

それまで相反する印象を持っていた善条の〝爆発的な抜刀〟と〝ゆるやかな動き〟だが、どうもこれは、ふたつでひとつと考えるべきものかもしれない。

つまりこれは、「いつ、どんな瞬間でも〝全力の一撃〟を出せるようにする」ための動きなのだ。

通常の撃剣動作のように、一動作ごとに剣を振り切り、構えを決めていては、次の動作の前にひと呼吸の間が空いてしまう。その〝間〟を敵に突かれては、野獣じみた直感によって抜き打たれる〝鬼の抜刀〟も封じられてしまう。それで、ゆるやかにつながる動きでその〝間〟を潰す。

そのようにして、善条剛毅という人物は、戦闘中、鍛錬中、さらには日常生活のいかなる瞬間においても、次の瞬間に最大の攻撃を放つべく動作しているのだ。

そのことに気づいた時、楠原の背に、ざわりとしたものが駆け上った。

――すごいな、善条さん。

そして、

――よし、僕も……。

楠原は善条の姿を思い浮かべながら、その動きを自分の動作に取り入れていく。

この数週間の間に、その動きは、従来の撃剣動作とも、善条の仕草とも違う、独自のものとなりつつあった。

……そして今日も、楠原は姿勢と呼吸を整え、〝楠原流撃剣動作〟を繰り返した。

最初は善条と宗像の気配を感じながら、やがてそのことすらも忘れ、一式から二式、三式、そして──全五式の型が終わり、再び頭に戻ろうとした時、

「──楠原君。どうですか、淡島君との勝負は」

背後から、宗像が声を掛け、

「えっ？」

楠原は、無心の鍛錬から急激に現実に引き戻された。

「あの……今週も、駄目でした」

「そうですか」

手にしたピースを観察しながら、宗像は言った。

「……かなり、いいところまで行っていると聞いていますが」

「え……そうでしょうか」

「ただ、どうも気迫が足りないというか……この場に安住してしまっているようなところもあるようですね」

「はあ」

「……ねえ、善条さん？」

宗像が不意に呼び掛けると、善条がわずかに身じろぎした。

「そろそろ、楠原君を手放してあげてもいいのではないですか」

「は……」

善条があいまいに応えると、宗像は続けて言った。

「では、期限を決めましょう――あと一週間」

「え……ハイ？」

楠原が頓狂な声で聞き返すと、

「来週の合同稽古を最後の機会とします。次の立ち合いで淡島君の体に竹刀を当てられなければ――」

薄い笑みを浮かべながら、宗像は宣告した。

「楠原君、《セプター4》隊員としての適性に欠けるものとして、きみに退職を勧告します」

†

「どうもお邪魔しました。パズルはしまっておいてください」

宗像はそう言って、道場を去っていった。

その言葉も耳に入らなげに呆然としていた楠原が、やがて、ぽつりと言った。

「一週間――」

あと一週間で、淡島副長に勝つ。

なにをどうすればいいのか。どうすれば勝てるようになるのか。まったく手段が思い浮かばない。

思えば、自分はこの三週間、なにをしてきたわけでもない。ただ漫然と、善条の真似をしてきただけだ。

「気迫が足りない」と言われれば、そうかもしれない。善条の傍らで日々を過ごすことは、決して不快ではなかった。このままの日常がずっと続くのも悪くない――なんとなく、そんなふうに考えていた。

そこに、冷や水を浴びせられた。

「淡島副長に勝て」と言われていたにもかかわらず、そのための行動をしていなかった。その怠惰《たいだ》に対する罰が、今、下されようとしている。

「あの……僕、どうしたら……？」

恐る恐る、善条に問うと、

「うん」

善条は太刀を手に立ち上がった。もう夜稽古も上がる時間だ。

「いつも通りにしなさい」

「あ……はい」

それは「知ったことではない」という意味かもしれないが、善条に言われると、不思議と落ち着いた。今さらあわてても仕方ない。今はただ、自分のできることを、少しでも積み上げていくしかない。

楠原は、撃剣動作の基本姿勢を取った。

と――

ぬう……と、黒い壁のように、善条が目の前に立った。

「え……」

思わず構えを解こうとすると、善条は言った。

「続けなさい」

「……はい」

楠原は、我流にアレンジした撃剣動作を始めた。目の前の善条の、巨大な存在による緊張感が、楠原の太刀筋をいつにも増して研ぎ澄ます。
一、二、三、四――ゆるやかにつながる竹刀の振りの狭間《はざま》に、不意に善条の太刀の鞘が差し込まれた。
「!?」

一瞬、竹刀を叩き落とされるかと思ったが、善条の鞘は楠原の腕に触れ、動きを妨げる

ことなく、後押しする。

するとき、普段より竹刀が加速され、次の動作へのつながりが若干変化した。より速く、なめらかに……。

「え……」

「続けなさい」

善条がもう一度言い、楠原はうなずく。

一動作、また一動作。楠原が竹刀を振り、足を踏み換える。善条もまた楠原の動きに合わせて体《たい》を換えながら、彼の動きを矯正していく。

立ち止まることもなければ、息をつく〝間〟すらもない。楠原はあっという間に汗だくになり、床にいくつものしずくを落とした。

全力で駆け続けるような鍛錬の中、五式四十型の撃剣動作は、変質し、融合し、再び解体されていく。

その日の夜稽古は明け方にまで及び、さらにそれは、日中の業務を挟みながら、翌日、翌々日へと続いていった。

その間、旧資料室に、日高らの訪問があった。

「ちわっす、今日も蕎麦喰いに——あれ、楠原は？」

周囲を見回す日高は、制服のまま堅い床に転がって寝ている楠原を見つけると、

「お？　なんだ、しょうがねえ奴だな」

と、なぜかうれしそうに言う。

そして、

「なにか用があれば、伝えておくが……」

という善条に対し、

「いえ、顔見に来ただけっスから！」

くだけた敬礼を残し、日高はきびすを返した。

「あの……善条さん、楠原君のこと、よろしくお願いします」

「あ、俺からも頼ンます」

榎本と布施が頭を下げ、その背後では、

「……僕、エビ天持ってきたんだけど」

「おま……ッ、そういう流れじゃねえだろ！」

五島が日高に小突かれていた。

……そして、合同稽古の前の、最後の夜。

すでに撃剣動作は、善条のサポートを受けながら何巡も繰り返され、楠原の全身は道着が絞れるほどの汗にまみれている。

だが、気力と体力は不思議と充実し、感覚はかつてないほどに研ぎ澄まされている。

表を吹き抜ける夜の風、様子を見に来た宗像が笑みひとつを残して帰って行ったこと、そして、目の前の善条の、ほんのわずかな動き、その兆《きざ》しすらも感じられる。

——これなら、淡島副長といいところまで戦えるかもしれない。

楠原がそう思った時——

突然、善条の握る鞘が翻り、その先端で楠原の右足の甲を打った。

「痛ッ!!」

思わず床に尻餅をつき、打たれた足をさすりながら、楠原は善条を見上げた。

「なにするんですか、善条さん……!」

すると、善条はわずかにうなずき、

「……今日はここまで」

と言った。

翌日、楠原の〝審判の日〟——

「副長！　お願いします！」

淡島に呼び掛けると、いつものように、一対一の模範試合のようなありさまになった。

——この試合で、自分の進退が決まる。

淡島副長は、そのことを知っているかもしれない、知らないかもしれない。もし知っているとしても、そのことで手加減をしたりはしないだろう。

周囲の隊員たちの中から、

「――楠原、がんばれよ！」

「今日はもうちょっと粘れよー！」

日高と布施が野次めいた声援を飛ばし、

「あれ……なんか彼、足引きずってない？」

「あ……ほんとだ」

五島と榎本が顔を見合わせた。

善条に打たれた足には、わずかな違和感が残っていた。

昨夜も、今朝になってからも、あの一撃の真意を問うたが、「試合をがんばりなさい」と言われるばかりで、わけを話してはもらえなかった。

いずれにせよ、宗像に対し、この足が言い訳になるとは思えない。全力で淡島にぶつかり、やれるだけのことをやるしかない。
二、三度、その場で足を踏みしめてみる。大丈夫だ……たぶん。
正面に立って構えると、

「よし――」

と、淡島が言った。これが試合開始の合図代わりだ。

楠原は正眼に構え、淡島の様子を窺った。

こちらに向いた竹刀の先が、ほんのわずかに動く。

楠原の突進を引き出すフェイント。今までに何度も引っ掛かってきた。分かっていても、体が反応してしまう。そして今日も――

「やあッ！」

楠原は気声を発しながら飛び出した。いつも通りの、返り討ちのパターンだ。

だが――

――痛……ッ！

深く踏み込もうとした楠原の右足が、痛みのため踏ん張りきれず、楠原の体は前方に放り出された。

「……ッ⁉」

淡島は反射的に飛び退いた。だが、いつもの間合い、いつもの動きから、楠原の竹刀の先がさらにふところに伸びてくる。

瞬間、切っ先が、胸に沈んだ。

淡島は体をかわしながら、思わず右手で左胸を押さえた。

隊員たちがどよめき、

「よっしゃあ！　巨乳に当たった！」

と、日高が叫んだが、淡島ににらまれて口をつぐんだ。

「あ、たた……ッ！」

楠原は右足の踏ん張りが利かず、二、三歩たたらを踏んで、膝をついた。淡島はそこに歩み寄る。

「立て、楠原」

「は……はいッ！」

楠原があわてて立ち上がると、淡島は竹刀を左手に持ち替え、一礼した。

「え……？」

「不覚を取った」

そう言って、淡島は苦笑じみた、しかし大きな笑みを浮かべた。

「今の一撃……浅いが、確かに当たった」

†

《セプター4》隊員寮の浴場の収容人数は、最大十名程度。寮生活を送る隊員たちは、夕刻から消灯時間にかけ、所属部署ごとのローテーションで、あわただしく入浴を済ませることになっている。

善条剛毅は、そのすべてが終わったのち、空いた風呂に入ることを習慣としていた。百名の隊員たちが日中の汗と泥を落としていったあとの、熱気と喧噪《けんそう》のなごりがかすかに感じられるような、がらんとした空間だ。

この一ヵ月は、そこに楠原が随伴していたが、無事に課題を達成したため、週明けには新たな配属が決まり、〝ローテーション外〟の立場ではなくなる。つまりは、楠原もまた、善条の傍らを通り過ぎていく若者たちのひとりであったということだ。

「……お背中、流します」

片手で体を洗う善条に、楠原が声を掛けた。

「うん、ありがとう」

善条が背中を向けると、楠原はタオルで善条の背中をこすり始める。

「善条さん」

「うん？」

「あの……今までいろいろ教えていただいて、ありがとうございました」

「……いや、なにも教えてはいないが」

と、善条は応えた。稽古らしい稽古をつけたのは最後の一週間くらいで、あとはただ、楠原が勝手に竹刀を振っていただけだ。

「……そう言えば、そうですかね」

素直と言えば素直な返事に、善条は苦笑する。と——

「あ、いや、そういう意味ではなくて」

楠原はあわてて説明した。

「宗像室長は、善条さんからなにかを教えてもらえ、と仰っていたわけではないような気がします」

「うん？」

「よく見ろ、見て学べ……そう言っていたんじゃないかと」

「……そうか」

「ええ。例えば――」

壁のような背中をタオルでこすりながら、楠原は言った。

「この背中ですけど……お気づきですか」

「……いや、自分の背中のことは分からないが、なにか？」

「ですよね」

今度は楠原が苦笑する。

「善条さんの背中って、すごい筋肉なんですけど……特に、背骨より右側がすごいんですよ」

「……うん、そうか」

左腕を使うことはないから、当然と言えば当然だ。

「これはつまり、左手をなくされてから積み上げてきたものが、これだけのものになった……っていうことですよね」

「……そうか」

この十年は、自分の中で、時が止まったものと考えていた。しかし、見えないところで知らず知らずのうちに積み重なっていたものも、あるのかもしれない。

若干の間を置いて、楠原が言った。

「あの……僕、善条さんにお会いしたころ、ちょっとあせってまして」

「あせって……？」

「僕、去年まで警察の機動隊にいたんですけど……そこでお世話になってた先輩が、僕のせいで大怪我して、退職されまして……」

楠原は言葉を選びながら、ぽつりぽつりと言う。

「それが能力者の事件絡みだったんで、こう、つぐないっていうか……今からでもなにかできないかと《セプター4《こっち》》に転職したんですけど、それもなんだか上手くいかなくて……」

「それで、『あせっていた』……と」

「ええ。それはつまり、自分の失敗をどうにか取り戻そうとしていたってことなんですけど……でも、このひと月、善条さんの背中を見ていたら、そういうことでもないかな……

と、思いました」

「うん……？」

「なくしたものは戻ってこないけれど、人間、そこからあらためて成長することはできるんじゃないかと……この背中を見てると、そんなふうに思えてきます」

「……そうか。そう言ってもらえると――」

――私も、救われる気がする。

善条がそう言い掛けた時、カラカラと音がして、浴場の戸が開いた。

「お邪魔します」

そう言って入ってきたのは、室長・宗像礼司だ。薄く筋肉のついた長身の体が、白い蛇のように、湯気の中に滑り込んでくる。

「あッ、ハイ！」

「ああ、どうぞ、そのまま」

立ち上がり掛ける楠原を止め、宗像は傍らの風呂椅子に腰掛け、体を流し始めた。

「……楠原君、昼間の件、聞きましたよ」

「あ、はい……」

「ふふ……まさか本当に、あの淡島君から一本取るとはね」

「え……だって『それができなきゃクビ』って……」

呆気に取られる楠原に人の悪い笑みで応えると、

「善条さんの指導も見事でした」

と、宗像は善条に向かって言った。

「踏み込み足の力を抜いて、相手に倒れ込むようにすることで、打ち込みの速度とリーチを伸ばす——古流剣術に、そういう技があるそうですね」

「〝技〟としては知りませんが……そういうやり方があることは知っています」

と、善条は答えた。

「え……」

楠原は、あざの残った足を見た。

——それなら、そう言ってくれればよかったのに……。

クビの件といい、足の件といい、自分はどうも、この人たちにかつがれているような気がする。

しかし、

「いえ、楠原君。事前に説明していたら、それはきみの意識に上り、淡島君にも気づかれてしまっていたでしょう。意識していなかったのが、よかった」

と、宗像は言った。

「そう。〝無意識の反応〟——それがきみの資質です」

「無意識……？」

「規定のリズムを崩しがちなのも、フェイントに惑わされやすいのも、みなそのためです。しかし、その技が相手の反応をも凌駕《りょうが》する域に達すれば、後の先を取ることができる……つまり、瞬発的な攻防に適した才能です」

――なるほど……。

「釣りに引っ掛かりやすい」という自覚はあったが、それを〝才能〟と考えたことはなかった。

「その才能を使って、今後は私の背中を守ってもらいます」

「え……は、はいッ！」

素っ裸で風呂椅子に腰掛けたまま、楠原は宗像に敬礼した。

宗像はその様子に苦笑すると、楠原に言った。

「では、今この時より……手始めに、私も背中を流してもらえますか」

「え……」

楠原は思わず善条を見た。そして、善条がうなずいてみせると、

「はい！」

と、宗像の背に向き直った。

善条は石鹸《せっけん》の泡を流し、湯船に浸かった。

そして、緊張した楠原が、宗像の背に向き合っているさまを眺める。

宗像の白いしなやかな背中は、言わば、なにも書かれていない白紙だ。

この男が何者で、なにを為していくのか。そんなことに、自分が気を揉むことはない。

それは楠原のような若い隊員たちが、宗像の背を見ながら、自ら判断していくべきことだ。

いつの間にか、長年背負っていた重荷が、肩から下りたように感じていた。あるいは、先ほど楠原が、背中から流し落としてくれたのかもしれない。

「おや、笑っていますね、善条さん」

後ろも向かずに言う宗像に、

「……いい風呂です」

と、善条は答えた。

†

楠原剛の殉職《じゅんしょく》は、その一週間後のことだった。

第四章 剣機特務

暴力団同士の抗争事件、これに能力者の絡んだ案件だったという。

特務隊への転任直後のベータ・ケース緊急出動。その現場で楠原は凶弾に倒れ、宗像配下の《セプター4》における、初の殉職者となった。

隊葬式典は小雨の中、《セプター4》本部グラウンドで行なわれた。

「抜刀——捧げ、刀！」

礼装の隊員たちが、サーベルを胸の前で構える。美しく整った機械的な動きだが、隊員の多くは表情の端々に、隠しきれぬ動揺の色を浮かべていた。

自分たちの活動が、時として命のやり取りに及ぶ……無論彼らとて、その可能性を踏まえた上で任務に就いている。だが、それを具体的な事実として目の前に突きつけられるのは初めてのことだった。

一方、過去に何十という同朋を失ってきた善条もまた、こうした場面には未だ慣れずにいた。むしろ、若い隊員たちをひと回り上の年齢から眺めていると、自分が現役の立場にいたころよりも強い痛みのようなものを感じる。

規定の式典が終了すると、隊員たちは解散し、通常業務へと戻っていった。

小雨に濡れながら、各々の方向に足早に歩み去っていく長身の隊員たち。その中に埋もれるように、小柄な夫婦の姿があった。通り過ぎる隊員のひとりひとりに頭を下げている。

福岡から式のために上京して来たという、楠原の両親だ。まだ初老と言うにも早い年代だが、ひとり息子を失った夫婦は、ひときわ小さく老いて見えた。

善条はその場に立ち止まり、ただ、その姿に目を留めていた。

夫婦の横で何事か話し掛けていた喪服姿の男が、善条の姿に気づくと、片足を軽く引きながら歩いてきた。

「……善条さんですね」

男は姿勢を正して、一礼した。軍人か警官のような仕草だ。

「田村と言います」

と、男は名乗った。

「タケル……楠原君から、ときどきメールをもらっていました。つい先日も……善条さんのおかげで、ようやく一人前になれそうだと」

田村に促され、善条は楠原の両親の前に立った。

「このたびは、こんな大層なお式をしていただいて……」

拝むように頭を下げる両親に、

「いえ……」

それだけ言って、口をつぐんだ。

「……善条さん」

やや長い沈黙ののち、田村は問うた。

「タケルは、立派でしたか」

善条は答えない。ただ目を伏せ、押し黙るばかりだ。

「ンなわけ……ないですよ」

代わりに、横から呟いた者がいた。

「おい、やめろよ日高」

「空気読もう、空気」

日高に、布施、五島、榎本。元第四小隊の四人組が、いつの間にか歩み寄っていた。

布施、五島の制止を無視して、日高は絞り出すように言う。

「あいつはこれからの……まだまだ、これからの奴だったんですよ」

善条も田村も、その言葉に答えることができない。楠原の母親がハンカチを口元に当て、すすり泣き始めた。

「『立派だった』で済まされてたまッ……ってェ!?」

「……この馬鹿」

日高の後頭部を殴りつけた布施が、五島に目をやった。うなずいた五島は、布施と共に日高の両腕を左右からつかみ、楠原の両親に敬礼をすると、日高を引きずるように去っていった。

ひとり居残った榎本が、田村と両親に言った。

「失礼しました。こんな時に……」

「いえ……いい先輩に恵まれていたんですね。どこに行っても可愛がられて……あいつらしいです」

「はは、そうですね……ねえ、善条さん」

榎本は頭を掻き、善条を振り仰いだ。

善条は無言のまま、田村と両親に一礼すると、その場を離れた。

「あ……」

善条を引き留め掛けた榎本が、その手を途中で下ろした。

「あの、そろそろ建物の中へ……冷えるといけませんから――」

榎本の声を背後に聞きながら、善条は大股に歩み去る。体内で、熱を持った嵐が荒れ狂っている。行き場のないエネルギーが、体を内側から破裂させそうだ。

その足で、普段は近づくことのない隊舎本棟の、宗像の執務室へ向かった。

部屋の中には、宗像ともうひとり、見慣れぬ隊員がいた。

隊員を押し退けて歩み寄ると、濡れた上着をハンガーに掛けていた宗像が、振り返った。

善条はその胸ぐらをつかみ、宗像の背を壁に叩きつけた。腕一本に吊《つ》り上げられ、長身の宗像の足が、一瞬、宙に浮く。

善条は殺気立った目で宗像をにらみ、喉の奥から唸《うな》りを漏らした。

「おや、善条さん……今日は一段といい顔だ」

日ごろと変わらぬ薄い笑みを浮かべ、宗像は言う。

「あー……室長」

背後から、件の隊員が気怠《けだる》げに言った。眼鏡の奥で、暗い目が、皮肉な笑みを浮かべている。

「お取り込み中なら、出直しますが？」

「いえ、そのままでけっこう」

宗像が言うと、隊員は善条に向き直り、

「じゃあ、善条さん……でしたっけ？　それ、こっちの用件のあとでいいですか。さっさと済ませたいんで……」

善条は隊員を見下ろした。

青い制服を身に着けているが、剣機の所属ではないだろう。グラウンドでも、道場でも見たことがない。一見して線の細い容貌だが、その物腰には、不良じみた尖ったものが、わずかに混じっている。それが不釣り合いで、どこかいびつな印象だ。

隊員は肩をすくめ、一歩下がった。間の外し方も堂に入《い》っている。淡島や他の隊員たちとは違う性質の、喧嘩慣れした強さを感じる。

「情報課の伏見《ふしみ》猿比古《さるひこ》君です。明日から特務隊に移ってもらいます」

と、宗像が言った。

「……そうですか」

やや間をおいて、善条は手を離し、

「邪魔をしました」

宗像と伏見に背を向け、ドアに向かう。

「ああ、待ってください、善条さん」

乱れた襟を直しながら、宗像は善条を呼び止めた。

「ちょうど、あなたも呼ぼうと思っていたところです……話を聞いていただけますか」

†

――楠原剛の死には、特別な意味がある。

善条と伏見、ふたりの部下に向かって、宗像はそう言った。

彼が特務隊に配属された日、その当日の緊急出動。

ベータ・クラス能力者三名の絡む案件《ケース》だった。

異能集団に属さないはぐれ能力者《ストレイン》は、暴力団や過激派政治集団に取り込まれやすい傾向がある。その日のケースも、勢力範囲の接する暴力団同士の小競り合いに端を発するものだった。

それは《青の王》宗像と剣機特務、さらに剣機第一、第二小隊が動員された大掛かりな事案ではあったが、ここ数ヵ月のベータ・ケースの多発の中では、典型的なものと思われた。

現場で確認された能力者は、特務隊員のフォーメーションによって速やかに制圧された。これもまた、典型的な経緯だった。

だが、その直後――

楠原は、能力者の隠し持っていた拳銃で撃たれた。

能力者が――ことにベータ・クラス能力者が、拳銃のような一般的な火器に頼ることは珍しい。それが盲点となった。

しかも、

「その銃口が狙っていたのは、楠原隊員ではなく……私です」

宗像の周囲にいた隊員たちの中で、唯一楠原のみが、銃撃に反応した。直感と反射――

楠原の独自の才能が活かされる、それは最初の機会であり、そして、最後の機会となった。

楠原は反射的に射線に飛び込んだ。だが、蓋然性偏向フィールドを瞬間的に集中し銃弾を弾くほどには、彼の異能は訓練されていなかった。

その結果、背後から宗像の心臓を狙った弾丸は、楠原の頭部を貫いた。即死だった。

「――楠原隊員は私の身代わりとなって死んだ。これは紛れもない事実です」

《青の王》宗像礼司の暗殺。それが、見えざる〝敵〟の真の目的だった。

暴力団は、その〝敵〟の思惑に利用されていたにすぎない。

以前から、予兆はあった。ベータ・ケースの急激な増加の背後には、偶然ではなくなんらかの意志が働いている――それは決して荒唐無稽《こうとうむけい》な想像ではなく、現実的な予想のひとつだった。

それが、楠原の一件で決定的になった。もはや、一連の事件は単なる偶然ではない。

これは《セプター4》そのものに対する攻撃だ。

《セプター4》のような能力者の結盟集団《クラン》は、一般社会の枠を超えた強力な組織であると同時に、ひどく脆弱《ぜいじゃく》な一面をも併せ持つ。幹部級の構成員や、頂点に立つ《王》の死によって、その組織は一瞬で崩壊する可能性があるのだ。

――楠原隊員の死には、ふたつの意味がある。

と、宗像は言った。

ひとつは、彼の死と引き換えに、《セプター4》の存在は守られたということ。

そして今ひとつは、彼の死を契機に、《セプター4》はより強靭《きょうじん》な戦闘組織に生まれ変わるということだ。

†

《セプター4》は、自らの用い得るあらゆる手段を講じて、〝敵〟の存在の痕跡を手繰っていった。いわゆる警察的な保安活動の域を逸脱する、能動的な情報収集だった。

〝第四分室〟が収集・蓄積してきた能力者に関する各種データ、先日までの出動案件から得られた記録、ブルー・コード申請による司法・行政管理下情報の獲得、そして、電子的監視システム〝唯識《ゆいしき》〟の試験運用——

やがて、雑多な情報の断片が、ひとつの像を結び始めた。

豊沢区《とよさわく》上庚塚《かみこうづか》繁華街の一角にある、八階建ての雑居ビル。そこに、複数のベータ・クラス能力者が出入りしている。最低でも八名。偶然ではあり得ない数だ。うち二名が、先日のベータ・ケースに関与し、捕縛されている。

そして、楠原の死から十五日後——

現場の周囲に、十台の大型車両が乗りつけた。人員輸送車、九。指揮情報車、一。対能力者組織《セプター4》撃剣機動課全隊の出動だ。

地元警察の協力を得て、すでに道路を封鎖し、周囲の建物からは一般人を退避させてある。

輸送車から腰にサーベルを帯びた青い制服の男たちが次々と降車し、機敏な動きで整列した。剣機第一から第四小隊及び、特務隊——

特務隊の車両から最後に降りてきたのは、隻腕の巨漢、善条剛毅だ。大太刀を元に、拵《こしら》えを洋刀仕立てにした、長大なサーベルを腰に帯びている。

「屋内に確認されているのは、ベータ・クラス能力者六名、コモン・クラス能力者十一名、非能力者五名。計二十二名。これまでの出動案件《ケース》とは桁違いの激戦と心得よ。ただし——」

隊員たちの列に向かい、淡島が言う。

「——我々の目的はあくまで情報収集だ。能力者・非能力者を問わず、能う限り殺傷を避けて制圧するように」

「副長」

日高が手を挙げた。

「……『能う限り』ってのは『なるべくなら』ってことでいいんでしょうかね」

左手でサーベルのロックをいじりながら言う日高の目は、笑っていない。

「『能う限り』だ」

とりつく島もなく淡島は答え、

「馬鹿」

布施が日高の頭を叩く。

「──まあ、その意気やよし、といったところですか」

宗像が歩み出ると、淡島が位置を譲った。

姿勢を正す隊員たちを見回し、宗像は口上を謡い上げる。


我ら《セプター4》、佩剣者たるの責務を遂行す。

聖域に乱在るを許さず、塵界に暴在るを許さず──

剣をもって剣を制す、我らが大義に曇りなし！


「──総員抜刀ッ！」

「はッ！」

淡島の号令の下、秋山、弁財、加茂、道明寺──一列に並んだ特務隊員たちが、腰のサーベルのロックを解除し、次々と抜刀していった。各々、異能を解放し、刀身に青い放射光を帯びている。

最後に、宗像が抜刀した。配下の隊員たちとは桁違いの光が刃から漏れ、周囲の空間に広がっていく。

さらに、隊員たちの力が、《王》の力に曳《ひ》かれるようにその強さを増し、付近一帯を青い光に染め上げていく。

指揮情報車の車中では、特務隊の情報要員たちが車載情報機器のモニターをチェックし、状況を報告する。

「――宗像室長の蓋然性偏向場《サンクトウム》を確認」

「《ダモクレスの剣》が形成されます」

モニターについた隊員のひとりが、背後を振り返った。

「伏見さん……？」

情報班の長、伏見は、車内から窓外の空を見上げている。

「……ああ、見えてるよ」

小さな車窓に区切られた、ビルの頭上の空に、剣状の光る結晶体が出現している。

「でかいなあ……」

伏見は目を細め、唇の端に皮肉な笑みを浮かべた。

「……まったく、馬鹿げたでかさだよ……」

いく。

†

「――突入ッ！」

淡島の号令と同時に、ビルの電源が落とされた。防火扉のロックを異能によって強化されたサーベルで難なく断ち切り、現場となる最上階のフロアに特務隊員たちが流れ込んでいく。

身に帯びる武装は、標準装備のサーベルのみ。対能力者戦闘においては、通常の武器や防具は効果を発揮せず、むしろその重量、動作の制限などが、致命的な不利となるからだ。

室内には、横倒しにされたテーブルでバリケードが作られていた。その陰から、数名の男たちが異能の刃や弾丸を飛ばしてくる。

特務隊員たちはサーベルの刃を立てて身構え、フィールドを意識的に前方に集中展開し、光の盾を作って攻撃を防いだ。

隊員のひとりがフィールドを絞り込んだ光の刃を飛ばすと、バリケードが両断され、床に崩れた。顕《あら》わになった数名の〝敵〟に対し、別の隊員がフェンシングのような刺突の動作をすると、光の切っ先が弾丸のように飛び、〝敵〟の肩や腿《もも》を突いた。

《セプター4》の隊員たちは、《青の王》の下で能力を開花させ、訓練された正式な異能組織構成員《クランズマン》だ。その異能は〝敵〟のはぐれ能力者《ストレイン》たちとは一線を画す。

無論、危険がまったくないわけではない。攻撃に意識を集中した隊員は、その無防備な隙を別の〝敵〟に狙われる。また、能力者たちの間に交じった若干名の非能力者も拳銃などで武装しており、それらの不意打ちに対して警戒は怠れない。

隊員たちは互いの隙と死角をカバーし合いながら、戦闘を継続していく。乱戦を制するものは、訓練された秩序だ。

だが――

日高が戦列から突出した。

「おい、出すぎだ！」

仲間の声を無視し、撤退する〝敵〟を追って、日高は単身飛び出していく。

「逃げるな！」

日高は〝敵〟に向かって吠《ほ》えた。

「矢でも鉄砲でも持ってこい！　俺に当ててみろ！」

その言葉に応えるように、小さな缶のようなものが、日高の足元に投げ込まれた。

――手榴弾!?

閉所、密集状態の乱戦とあって、爆発物の使用は想定していなかった。日高と背後の隊員たちは、反射的に光の盾を作り出し、前方に構えた。

〝缶〟が爆発し、激しい光と轟音《ごうおん》で隊員たちを怯ませた。閃光《せんこう》手榴弾だ。

孤立した日高に〝敵〟の攻撃が集中した。目と耳を奪われた日高には対処する術《すべ》はなく、仲間たちもまた、目を霞《かす》ませながら、自分の盾を維持するのに精一杯だ。

「日高……！」

その時——

日高の目の前に、黒い壁が出現した。

いや、壁と見えたのは、巨大な背中だ。隻腕の巨漢——善条剛毅が、日高の前方、〝敵〟との間に割り込んでいた。

サーベルは抜いていない。無造作につかんだ鞘が、青白い光を放っている。

善条は鞘を逆手《さかて》に握ったまま振り上げ、横に薙いだ。日高を狙って放たれた異能の刃や弾丸が、まとめて弾き飛ばされた。

さらに善条は、手探りのような仕草をしながらなおも前に出ようとする日高を、ひじで後方に突き飛ばした。

「がはッ……！」

日高は息を吐きながら吹き飛び、仲間たちの間に倒れ込んだ。

〝敵〟の意識が、日高から善条へと移った、その瞬間、
ドッ——

善条が踏み込んだ。

踏み切る足に異能の力を乗せ、五メートルあまりを一歩で渡り、密集する〝敵〟の中に飛び込む。

その勢いのまま、ひとりの腕を鞘で叩き折った。ひとりのみぞおちを鐺《こじり》で突いた。さらに一歩、踏み込みざまにひとりの膝を蹴り抜き、逃げるひとりの背に斬撃を飛ばして仕留めた。

四人の能力者が、瞬く間に片づいた。

倒れた〝敵〟のひとりには、まだ意識があった。隠し持っていた拳銃を構え、撃った。

善条は蠅《はえ》を払うように手を振った。光を帯びた鞘が、銃弾を弾き飛ばした。

「善条さん……」

日高を介抱しながら榎本が言い、

「……あんた、化けモンか」

布施が呆気に取られたように言った。

善条は答えない。

敵味方を問わず、周囲を圧倒する気迫を放ちながら、隻腕の剣鬼は、ただうっそりと立ちつくしていた。

〝敵〟は部屋から部屋、建物の奥へ奥へと、徐々に後退していく。

隊員たちはそれを追って、互いの隙や死角をカバーし合い、位置を交換しながら、一匹の生き物のようにフロアの奥へと滑り込んでいく。

〝敵〟の反撃は、的確で粘り強かった。先ほど日高が喰らったように、不意打ちからの集中攻撃を仕掛けられ、数名の隊員が負傷した。

その後も、重傷者こそいないものの、負傷、撤退する隊員が徐々に増え、進軍の勢いは鈍っていった。〝敵〟もまた、負傷した者を保護しきれなくなり、その場に残された者は対異能拘束具を掛けられ、後方に連行された。

双方消耗しながらも、《セプター4》の優勢といったところだが――

『――どうも、これは相手の手の内ですね』

伏見からの通信が、現場の宗像に告げた。

『あちらの装備は不充分で、異能の練度も低い。しかし、対能力者戦闘については、かなり有効な戦術を心得ているようです。連携も密に取れている』

伏見の手元のモニターには、各隊員が所持する情報端末のＧＰＳと相対位置情報から、

†

全隊の配置がマッピングされていた。さらにそこに、数名の隊員に装備させたウェアラブルカメラと音声報告の情報から、〝敵〟の位置を手動で書き込んでいく。

『……しかも、これは普通の籠城戦じゃない』

宗像はうなずいた。

「現場の人間を使い捨てて、こちらの戦力をすり減らすような戦い方ですね」

『それに従う連中は、よほど忠誠心が強いのか――』

「――背後にいる何者かに、利用されているのか」

『どちらにせよ、こちらの消耗も馬鹿になりません。死人が出ないうちに、一時撤退して立て直したほうがいいんじゃないですか』

ぞんざいな口調の提案に対し、

「ふむ……」

宗像はあごに手を当て、前方から響いてくる戦闘の音に耳を傾けながら、思索を続ける。

と――

「室長」

榎本が駆け寄ってきた。

「捕縛した能力者から押収したタンマツですが――」

榎本が差し出した汎用情報端末は、ごく一般的な市販モデルのものだ。

だが——通信が生きている。

この地域の移動体通信網の基地局は、《セプター4》の権限によって突入前に一時凍結してあるはずだが、〝敵〟は独自の手段で通信を確保している……ということになる。

榎本はさらに、通信記録やアドレスを呼び出した。

「〝敵〟はおそらく即席の集団。この場で割り振られたナンバーで呼び合っています」

宗像は端末の表示を確認する。

「合計二十二名——〝ナンバー1〟から〝22〟ですか」

「ええ。それに加えて〝ナンバーゼロ〟が」

「ほう……？」

この場の〝敵〟は二十二名。《セプター4》の握る情報では、そういうことになっている。

だが、

——二十二名、プラス〝ナンバーゼロ〟。

この半月、自分たちの張り巡らせていた網に、まったく捕らえられることのなかった人物が、このフロアに存在するということになる。

「それはぜひ会ってみたい。いや……むしろ誘われているのでしょうか。場所は？」

「〝応接室〟と呼ばれている部屋にいるようですが——」

「伏見君」

『西南の角部屋……〝敵陣〟の奥、廊下の突き当たりですね』

「なるほど」

『罠《わな》だと思いますがね』

「さて……」

宗像が、笑った。

そして――

「――危険です」

反対する淡島に対し、

「もちろん」

宗像は平然と答えた。

「淡島君。きみは他の隊員たちと共にこの場を維持してください。そうですね……十五分もあればいいでしょう。万が一、十五分で戻らなければ、状況を見て撤退してください」

「しかし……」

さらに言い掛けた淡島が、その言葉を半ばで止めた。

壁越しに未知の〝敵〟を見据える宗像の顔は、これまでにないほどの、不敵な表情を浮かべていた。

「では、行きますか――」

宗像は背後を振り返り、そして、はっきりと言った。

「随伴せよ、善条」

善条は無言のまま宗像を見据え、そして、前に進み出た。

〝敵地〟の最奥に向けて、宗像は大股に歩き始め、善条はその背に追随した。

廊下の中央を無造作に歩くふたりに対し、周囲には未だ十名を超える〝敵〟が隠れ潜み、全周囲から攻撃を仕掛けてくる。異能の刃や銃弾、そして鉛の実弾、果てはコンクリ片の投擲《とうてき》まで――

それらの攻撃を宗像は笑みを浮かべながら避け、あるいは、軽く手を振る仕草のみで退《しりぞ》けた。また、背後からの攻撃は、左肩を前にやや半身になった善条が、後ろ手に鞘を捌きながら、的確に受け流している。

さらに、善条は右手に持った鞘を、右に、左にと強く打ち振った。鞘に込められ、強固に集中された異能が、壁を打ち抜き、バリケードを突き崩して、〝敵〟を一方的に打ちのめす。

異能と実弾の集中砲火を浴びながら、宗像と善条は歩を乱すことなく歩き続ける。

〝応接室〟に辿《たど》り着くまでには、一分も掛からなかった。ほんの数十メートルの廊下を、ただ歩いて通った。それだけだ。

背後の〝敵〟は戦意を失ったか、遮蔽物《しゃへいぶつ》の陰で沈黙している。

善条が〝応接室〟のドアを開けた。鍵は掛かっていなかった。そして、室内を確認しながら踏み入ったところで、善条が立ち止まった。

「どうしました？」

善条は無言のまま脇に退き、宗像が室内に入った。

室内を一瞥《いちべつ》し、

「ああ、これは……してやられましたね」

と言って、宗像は苦笑した。

†

〝応接室〟で宗像と善条を迎えたのは、黒い仔猫《こねこ》だった。

テーブルの上に座り、小さな鳴き声を上げている。

「ふふ……きみが〝ナンバーゼロ〟ですか」

テーブルから飛び降り、目の前に歩み寄ってきた仔猫に向かい、宗像は屈《かが》んで手を伸ばした。すると、仔猫はその手を避けて、善条の足元に寄っていく。

宗像は苦笑した。

「どうも、昔から動物には嫌われるようです」

仔猫は緑色の首輪をしていた。その喉元に、なにか小さな箱のようなものがついている。善条はサーベルの鞘を腰に差し、片膝をついた。そして、仔猫を指先に寄せ、頭を軽くなでると、片手で器用に首輪を外し、宗像に放った。

宗像は受け取った首輪を観察した。

「なるほど、何者かがこの中継装置を介して、能力者たちに指示を与えていた……と。なかなか精巧な作りのようですが——」

端正な唇の端に、微妙な笑みが浮かぶ。

「緑……気に入らない色です」

やがて、宗像は顔を上げ、肩の力を抜いた。

「さて、今日はここまで……ですか」

そう言って、宗像は〝応接室〟を見回した。その名の通り、テーブルとソファと、いくつかの装飾品のほかにはなにもない、空虚な印象の部屋だ。壁の一面は、街を見渡す大きな窓になっている。

配下の隊員たちと共に、剣を振るい、立ちふさがる者を打ち倒しながら、見えざる〝敵〟の正体を追い、辿り着いた答えはこの巨大な〝空白《ブランク》〟……ということになる。

「まんまと鼻面を引き回された形ですが……それでもこれは、大いなる前進です」

と、宗像は言った。

「今日の戦闘は、いずれ来《きた》る対クラン戦闘に向けた、貴重な経験となるでしょう。また、善条さん、あなたを特務隊に迎えられたことも大きい。すべてはあるべき方向に進んでいると言えます」

と――

「……すべて、ですか」

善条がつぶやいた。

「……おや」

その表情になにか感じるところがあったか、宗像は襟元のインカムのスイッチを切った。

「……善条さん。淡島君たちを呼ぶ前に、少し、私的な話をしましょうか」

「は……」

怪訝な顔をする善条に、宗像は言った。

「以前、楠原君が似たようなことを言っていましたが――善条剛毅という存在は、かつて、左腕を失った時に、その価値をも失ったのでしょうか」

ぶしつけとも言える直截《ちょくせつ》な目で、宗像は善条の左腕を見た。

「……私はそうは思いません。むしろ、片腕を失うことで、現在のあなたが完成したのだと考えます」

無言の善条の指先に、仔猫が喉を鳴らしながら首をすりつけている。

「同様に、楠原隊員を失ったことで、今、私の《セプター4》は完成しつつある。組織の完成のために、ひとつの死が必要だった……と言えるかもしれません」

「……彼が」

やや長い間を置いて、善条は言った。

「楠原が、死ぬべき人間だったと言うのですか」

善条が立ち上がると、ささくれた気配を感じ、仔猫が飛び退いた。

「さて……」

宗像が、眼鏡の位置を直す。手のひらに半ば隠され、その表情は読めない。

「もし『そうだ』と言ったなら……斬りますか、私を」

宗像は言った。

「かつて、あなた自身の主――《青の王》羽張迅を斬ったように」

「……！」

善条の表情が変わった。

驚愕《きょうがく》、憤怒《ふんぬ》――いや、それ以上の激烈な感情が、その顔に表れていた。

「一九九×年七月、迦具都事件、その決定的瞬間――《赤の王》迦具都玄示の王権暴発に至近距離で巻き込まれ、羽張迅の《ダモクレスの剣》もまた、その安定を維持できなくなっていた。すなわち、非常に高い確率で暴発連鎖を起こす可能性があったということです」

鬼の形相のまま硬直する善条に、宗像は言った。

「同一時、同一箇所にふたつの王権暴発が生じた時、相乗効果によって累乗倍されたエネルギーは、理論上、関東一円を焼き払い、水没させせるに充分なもの……おそらくはその影響で、一国が崩壊することにすらなったでしょう」

善条の反応を窺うように、宗像は言葉を続ける。

「その瞬間、ひとりの《王》の命と一国の未来が、運命の天秤《てんびん》に掛けられた。あなたの神速の一刀が、この国を救ったのです。暴発より速く《青の王》を即死させ、彼の《ダモクレスの剣》を消滅させることで――」

善条は答えない。無言のまま、床に視線を落とすばかりだ。

――確かに、自分は羽張を斬った。その事実から目を逸らすつもりはない。

だが同時に、あれは、自分の判断ではなかった……とも思う。自分の意志でも、他の誰かの思惑でもない、なにか巨大な衝動のようなものに突き動かされ、自《おの》ずと太刀が鞘走ったのだ。

しかし、それでもなお――

自分は羽張を斬った。その事実は決して揺るがない。その事実の重さが消えることはない。

十年あまりが経過してなお、自分の行動の正しさには確信が持てずにいる。

ただ、脳裏に焼き付いた羽張の姿――

「――そうだ。それでいい」

そう言って笑う、まぶしく涼やかなありさま、その記憶のみを拠《よ》り所《どころ》としてきた。

そして今、

「そう……あなたは正しい」

目の前の宗像の姿が、それに重なる。

――いや、違う。

この男は羽張ではない。透きとおるほどに明朗な、自分の主ではない。

善条の手が、腰に提げたサーベルの柄に伸びた。そして、柄の上で、止まった。

迷いがあった。

――この男は何者か。この笑みの裏にあるものはなにか。

人の命をも弄ぶ、恐ろしく邪悪な心性か。

あるいは、常人には及びもつかない決断をもって正義を為す、破格の器か。

それは、宗像礼司と出会ってよりこの方、何千回、何万回と繰り返してきた問い。今なお答えの出ない、割り切れぬ複雑な疑問だった。

善条は鬼のように、獣のように唸った。彼の体内に在る獰猛《どうもう》な意志が、鎖に囚《とら》われて歯がみしていた。

――目の前の男を、斬るか、斬らざるか。

ふたつの意志、ふたつの力が体内で拮抗《きっこう》し、張り詰めた鎖をぎりぎりと曳き合った。

胸の中で、急速にふくれ上がるものがあった。全身の血が沸騰し、筋肉が弾け飛びそうだ。

善条は、伏せていた目を上げ、宗像を凝視した。

気迫のみで人を殺せそうなその視線を正面から受け、宗像は不敵な笑みを浮かべた。

その時――

おのれの意志ではない、それ以上の大きなものが、善条の中で弾けた。

長大な鞘の内部で、巨大な力がふくれ上がり、爆裂した。

鞘の破片を弾き散らしながら、鬼の刃が鞘走った。

終章

ダモクレスの剣

鞘を破裂させ、青い放射光を帯びながら振り抜かれた善条の剣、その切っ先は宗像の鼻先数センチの空間を薙いでいた。

——否《いな》。

同時に壁一面を占めていた窓ガラスが一度に弾け、鬼刃《きじん》の軌道上に大きな火花が散り、そして、壁の一部が爆裂し、拳大の穴が開いた。

ガラスを割ったもの、空中に火花を散らしたもの、壁に穴を開けたもの——それらはすべて、同一の物体だ。

一二・七ミリ機銃弾。

超音速で飛来し、窓を割って飛び込んできた高重量弾を、異能によって強化された善条のサーベルが弾いたのだ。

黒い仔猫が、悲鳴じみた鳴き声を上げ、ソファの下に飛び込んだ。

——狙撃……⁉

驚愕したのは、それを未然に防いだ善条自身だ。

意識的な行動ではない。獣の直感が超音速の弾丸を察知し、身体的反射によって、抜き打ちに打ち落としたのだ。

さらに、刃を振り抜いた姿勢から、善条の体は急激に旋転《せんてん》。窓に背を向けた姿勢で後ろ手に空間を薙いだ。

再び、空中に火花が散った。二発目の銃弾もまた、軌道を逸らされて壁に穴を穿《うが》つ。

善条は隙のない動作で窓に向けて身構えた。

そのまま二秒、三秒――三発目は、ないようだ。

宗像がインカムのスイッチを入れた。

「伏見君――今、狙撃を受けました」

宗像は壁の穴を一瞥し、

「使用されたのは、おそらく大口径の対物ライフル。狙撃手はおそらく――」

『西南西二キロに高層ビルがあります』

「そこですね。警察に連絡を」

『もうやってます』

伏見はすでに、宗像がいる部屋の間取りとライフルの射程から狙撃地点を推定。狙撃手《スナイパー》を捕獲すべく、所轄《しょかつ》警察への緊急手配を開始していた。

「よろしい」

宗像は、再びインカムを切った。

――対物ライフルによる、二千メートル狙撃。

このクラスの大型狙撃銃を、狙撃手と共に調達・運用できる組織力。それを〝敵〟が持っているとは、宗像も予想してはいなかった。《セプター4》は首都圏の各種公共・公的情報網に対して特権的な検閲《けんえつ》権を持っているが、異能要素を伴わない情報については、後手に回ることがままある。

もし善条がいなければ、情報の網をかいくぐり、認識の盲点に撃ち込まれた〝敵〟の銃弾は、宗像の頭部を確実に吹き飛ばしていたはずだ。

「これが、本日の最後の仕掛け……むしろ、ここまでの〝敵〟の動きは、私をこの状況に誘い込むための仕込みだったということですね」

涼しい顔で言う宗像に、善条が言う。

「……なぜですか」

「なぜ、敵の罠に踏み入り、我が身を危険に晒《さら》すのか……ということですか？」

宗像は答えた。

「虎穴《こけつ》に入《い》らずんば虎子《こじ》を得ず、ですよ。未知の敵に対し、その反応と情報を引き出すためには、私の命を餌に使うのが最適でした――とはいえそれも、最強の護衛、善条剛毅の存在があってのことですが」

「そうではありません」

善条は言った。

「……なぜ、私を挑発する」

「ああ、そのことですか……ふふ」

宗像の含み笑いに、善条はさらに表情を険しくする。

「この世界は、たゆまず、根気強く取り組むことによってのみ解き明かせる、パズルのようなもの。私はそう考えています……が、時には理屈を投げ捨て、天命に身を委《ゆだ》ねてみたくなることもあるのですよ」

「天命……？」

「善条さん。あなたの剣は、あなたのものであって、あなたのものでない」

宗像は善条が提げた、抜き身のサーベルに目を遣った。

「あなた自身の意識より速く抜き打たれる斬撃は、ひとりの人間の意志を超えた、ある種の摂理の顕れだと、私は考えます……天命とは、つまりそういうことです」

善条は答えない。喰いしばった歯の間から、低い唸りを上げるばかりだ。

鬼の気迫を宿したふたつの目が、宗像を凝視した。

見つめるものは、宗像礼司の底知れぬ笑み。割り切れぬ笑みだ。

サーベルを提げた右手に力がこもる。だが、割り切れぬうちは、善条の手は動かない。

剣を振るうことができない。

「行きましょう」

善条に背を向け、宗像は歩き始めた。

「……いつか、私という人間の底を見切った時、あなたは私を斬るのかもしれません」

善条は答えない。宗像の首筋を、喰いつくように凝視しながら、後に続く。

「あなたはひと振りの剣であり、暴発寸前の爆弾でもある。それは私の力であり、それでいながら、私には御しきれぬものでもある。つまりは、善条さん——」

無防備な背を鬼の目に晒しながら、宗像は笑う。

「あなたもまた、私の運命に関わる《ダモクレスの剣》なのですよ」

†

三十分後——

〝敵〟の残党を制圧し、能力者及び非能力者、計二十二名の身柄の確保（そして一匹の保護）をもって、《セプター4》の任務は終了した。味方側の損害は軽微。初の能動的出動としては、申し分ない結果と言える。

現場ビルを退出し、事後処理を警察に引き継いだのち、隊員たちはエントランス前の路上に整列した。

儀礼的には、宗像の現場退出をもって、臨戦状態の終了となる。

「抜刀ッ！」

淡島の号令の下、組織の長を迎えるべく刀礼の姿勢を取った隊員たちが、その宗像の姿が現れると、息を呑んだ。

エントランスを抜け、悠然と歩む宗像。その背後に、抜き身の刃を下げた善条が、のそりとついてきている。あたかも、飢えた獣が、隙を見て喰らいつこうとするかのように……。

宗像は路上に出ると、まぶしさに目を細めながら、快晴の空を見上げた。頭上には、巨大な剣状の結晶体《ダモクレスの剣》が、切っ先をこちらに向け、唸りを上げながら浮遊している。

謎めいた笑みをひとつ浮かべ、宗像は再び歩きだした。

頭上に軋る剣を戴き、背後に牙剝く鬼を引き連れ、しかし、そのいずれにも意識を留めることなく、悠然と歩を進める。死と破壊の危険を身近に置きながら、その自信はつゆほども揺らぐことがない。

《青の王》宗像礼司。

そのありさまはまさしく、運命の覇者たる男のものだった。

この作品は書き下ろしです。

著者紹介

古橋秀之《ふるはしひでゆき》（GoRA《ゴーラ》）

1971年生まれ。神奈川県出身。1996年『ブラックロッド』（第2回電撃ゲーム小説大賞〈大賞〉受賞）でデビュー。『サムライ・レンズマン』『タツモリ家の食卓』『ある日、爆弾がおちてきて』など、ＳＦ、ファンタジー、ライトノベルの著書多数。ＴＶアニメ『Ｋ』の原作・脚本を手がけた７人からなる原作者集団GoRAのメンバーの一人。

Illustration

鈴木信吾《すずきしんご》（GoHands《ゴーハンズ》）

アニメーション制作会社GoHands所属。数々のアニメーションの制作に携わり、劇場作品『マルドゥック・スクランブル』シリーズ三部作、『Genius Party「上海大竜」』、TVシリーズ『プリンセスラバー！』でキャラクターデザイン、総作画監督をつとめる。2012年、ＴＶアニメ『Ｋ』の監督、キャラクターデザインを手がける。

講談社BOX

KODANSHA BOX

K SIDE:BLUE《ケー サイド ブルー》

定価はケースに表示してあります

2012年10月18日 第1刷発行
2013年3月15日 第6刷発行

著者 ── 古橋秀之《ふるはしひでゆき》（GoRA《ゴーラ》）

発行者 ─ 鈴木　哲

発行所 ─ 株式会社講談社
東京都文京区音羽2-12-21　郵便番号 112-8001
編集部 03-5395-4114
販売部 03-5395-5817
業務部 03-5395-3615

印刷所 ─ 凸版印刷株式会社

製本所 ─ 株式会社国宝社

製函所 ─ 株式会社岡山紙器所

ISBN978-4-06-283817-7　N.D.C.913　206p　19cm

来楽零《らいらくれい》
(GoRA)
×
Illustration
鈴木信吾
(GoHands)
血も
NO BLOOD!
骨も
NO BONE!
灰すら残さず焼き尽くす
NO ASH!
K.M.R
Vアニメ『K』
オリジナル小説第2弾!
K
SIDE:RED
大好評発売中!
定価:本体1500円(税別)
講談社BOX
©GoRA・GoHands/k-project